Tracilyn George

Name, karakters, besighede, plekke, gebeure en voorvalle is die produkte van die verbeelding van die skrywer of word fiktief gebruik. Enige ooreenkoms met werklike persone, lewend of dood, of werklike gebeure is toevallig.

toewyding

Aan alle wettige en eerlike nuusorganisasies wat toegewy is om die waarheid te praat, insluitend CNN, NY Times en The Washington Post. Om Chris Cuomo aan te haal: 'Laat ons dit regkry!'

History of Me and My Connection to Martin Wagner

Voordat ek met my boek begin, dink ek dat ek myself moet voorstel. My naam is Emerson Montgomery. Dink 'n goeie naam vir 'n verslaggewer?

Hoe dit ook al sy, ek is die tweede van drie seuns wat vir Paul en Rose Montgomery gebore is. Ons het in 'n beskeie bungalow in Brooklyn, NY, gewoon. My pa het as buitelandse korrespondent by ABC News gewerk terwyl my ma haar hande vol gehad het met my broers en my.

Ek het gedink my pa het die grootste werk ter wêreld; reis elke paar dae na verskillende stede. Hy was die inspirasie vir my joernalis. Ek het van die eerste dag af vasgehou hoe hy van verre plekke berig het.

'Moenie toelaat dat die eksotiese lokasies jou verlei nie, seun,' het hy aangeraai. 'Ek is nie daar om die toerisme-aantreklikhede in te neem nie. Dit is my taak om nuusberigte te bespreek; die meeste van hulle ver van aangenaam.

Het u geweet dat ek amper my broek skree die eerste keer dat ek 'n gewapende konflik behandel het? As u regtig 'n joernalis wil wees, moet u dit opsuig, u groot seunbroek aantrek en maak asof u omgewing u nie pla nie. '

Terwyl ek seker is, het hy my probeer ontmoedig om in sy voetspore te volg; vir my twaalfjarige ore klink dit of my pa my aanmoedig. Nie een van my ouers het daarin geglo om ons kinders te ontmoedig om na ons drome te gaan nie, selfs nie as ons by die sirkus wil aansluit nie; wat my jonger broer wou doen.

Wie het geweet dat ek daagliks in die middel van 'n sirkus sou wees?

As politieke verslaggewer het ek elke oomblik van die dag die komediese drama in die gesig gestaar. Maar ek sou dit vir niks verhandel nie. Die dekking van die politiek het minder kanse op beserings of die dood as oorloë oorsee.

My pa het dit nooit erken nie, maar my ma het my eendag vertrou hoe gereeld my vader bang was dat hy nie in een stuk huis toe sou kom nie. Na elke reis het ons besef dat 'n deel van my pa dood is of permanent beskadig is.

Hy het meer en meer ontspanne geraak; vind troos in drank. Hy het verander van 'n liefdevolle, saggeaarde mens na 'n ondeunde, bitter ou man.

Na my eie ervaring van gewapende konflikgebiede, verstaan ek hoekom my pa op vyftig aan 'n hartaanval beswyk het. Ek het geglo dat hy die wil verloor om vir sy lewe te veg, en dit was die rede waarom ek gesweer het om nie as oorlogskorrespondent voort te gaan nie. My vrou en kinders het my ten volle verloof gehad en nie 'n dop van 'n man nie.

Ek het die wonderlike geluk gehad om met 'n nuusblad te werk wat my op die politieke terrein begryp en geplaas het. Hulle het besef dat my ware passie aan die politieke maatslag behoort.

Toe Martin Wagner in die middel van die tagtigerjare as 'n prominente figuur verskyn, het my derms my vertel dat daar meer aan die eiendomsagent te make het as wat die oog gesien het. Ek het Wagner pompous, arrogant en heeltemal vol van homself gevind. Hy kom van geld en het geen kwalik daarvoor gehad nie.

U moet dink dat ek 'n snob is om so te dink. Of is ek miskien afgunstig? Miskien, maar nie presies nie. As iemand rykdom verdien deur harde werk en vasberadenheid, het ek geen probleem daarmee nie. Ek het baie van hierdie selfgemaakte mense ontmoet en hulle is die vriendelikste, vrygewigste individue wat ek ooit die plesier gehad het om te ken.

Ek vind sommige kinders van welgestelde gesinne — let wel; Ek het gesê sommige is meer arrogant en selfregverdig. Met Martin Wagner is dit 'n akkurate beskrywing. Ek hou nie van hom van die oomblik dat ek hom ontmoet het nie. Ek het gevind dat hy aanmatigend, onbeskof en nie so slim was as wat hy beweer het nie.

Ons het mekaar ontmoet op 'n liefdadigheidsveiling en aandete in die New York Children's Centre. Wagner het geweier om met een van die mans die hand te skud, maar hy het oor die vroulike deelnemers geskerts. Ek kon aan die uitdrukkings op hul gesigte sien hoe ongemaklik hulle by hom was.

Nadat hy die vierde of vyfde dame genader het, het ek uiteindelik genoeg gehad en hom gekonfronteer met betrekking tot sy gedrag. 'Klop dit af, Martin,' vra ek. Hy het onkunde gevoed, maar hy het presies geweet wat ek hom vertel.

'Waarvan praat jy, meneer Montgomery?' Ek het neus vir neus by hom gaan staan sonder enige intimidasie.

'U weet presies waarvan ek praat. U maak die vroulike gaste hier baie ongemaklik en nie een van hulle wil u vooruitgang hê nie. Dit stop nou. '

Wagner het agteruitgegaan en ek sweer, ek het gedink ek kan vrees en woede in sy oë sien. Ek het vier dogters en ek wil hê iemand moet hulle verdedig as ek nie daar was nie.

Die laaste ding wat ek vir my meisies wil hê, is om oral by hulle 'n kruip soos Wagner te hê. Gelukkig het ek en hul ma hulle opgewek om selfrespek te hê en om almal te vermy wat opgetree het soos Martin Wagner gedoen het.

'N Jaar of wat na die liefdadigheidsgeleentheid het my stasie my gevra om 'n een-tot-een-onderhoud met Wagner te voer. Ek het gehuiwer om dit te doen, want ek was onseker of hy die voorval sou onthou of nie.

My hoër studente het my ingelig dat ek my eie vyandigheid moes opsy sit, 'n professionele persoon moet wees en my werk kan doen. Dus, ek het die assistent van Wagner geroep en die vergadering opgestel.

Toe hy nie die onderhoud kanselleer nie, het ek gedink dat hy van die konfrontasie vergeet het. Maar ek onthou toe hoe vol van homself hy was en wou nie die geleentheid prysgee om oor sy prestasies te spog nie.

Toe ek by die Wagner High Rise aankom, spot Martin terwyl hy rondloop in die konferensiekamer. Hy het geweier om die onderhoud te voer en beweer dat hulle hom daartoe gelei het om met 'n onbevoegde verslaggewer te onderneem.

'Ons het nie so iets gedoen nie en jy weet dit. U is die een wat hierdie onderhoud wou hê en u het die beste gevra om dit te doen. Jy word eenvoudig gepis omdat die persoon wat hulle gestuur het weier om na jou toe te kom.

Daardie voorval tydens die liefdadigheidsgeleentheid moes vir jou gesê het, ek is nie een wat jy kan boelie tot onderdanigheid nie. Ek het toe nie en ek sal ook nie nou nie.

Die bal is in u hof, meneer Wagner. Of jy doen die segment saam met my, of jy doen dit glad nie. So, wat is die uitspraak? "

Ek het gekyk toe Martin aanhou strompel in die kamer. Ek sweer, ek sien stoom by sy ore uitkom. Maar hy het hom goed genoeg gesit om die onderhoud te voer, hoewel hy met wrok en baie vyandigheid gesukkel het.

Martin kyk na my tydens die hele onderhoud. Ek het gevra hoe hy sy eerste projek in Manhattan finansier. 'Ek het 'n klein lening by die bank verkry wat my help om my voet op die grond te kry.'

Ek lig 'n wenkbrou, en weet dat dit nie die waarheid is nie. Wel, nie die volle waarheid nie. 'Uit wat ek verstaan, meneer Wagner, het jou vader jou vir jou eerste onderneming gefinansier. Is dit nie wat gebeur het nie? '

Ek het gekyk toe Martin sy gewig op sy stoel neersit en probeer om 'n manier te vind om sy antwoord te laat draai. 'Ja, my pa het my vooraf kontant gegee, maar net genoeg om aan die gang te kom. Die res van my geld kom van 'n banklening om my eerste projek te voltooi.

Toe my kamppartement kompleks voltooi is, het ek reeds die geld teruggekry om die lening terug te betaal en het ek 'n goeie wins gemaak om mee te begin.

Ek is 'n wonderlike sakeman, Montgomery. Almal weet dit; almal behalwe u, blykbaar.

U weet dat ek dit weet, u het my van die eerste dag af wat ons ontmoet het, ondermyn. Wat het u teen my? "

Ek het my kameraman gevra om die opname te stop. As ek Wagner ken, het ek verstaan wat hy wou hê - om my op die band te sit en iets te sê wat ek miskien sou spyt of as afpersing te gebruik.

Wagner het my gehaat omdat hy hom tydens die liefdadigheidsgeleentheid verneder het en wou enige manier vind om sy wraak te neem. Hy het nie daarop gereken dat ek bewus was van sy voornemens nie. Dan weer het hy 'n geskiedenis gehad om almal rondom hom te onderskat.

Toe my kameraman 'n teken gee, het hy opgehou om op te neem; Ek leun in en staar na Wagner se koue blou oë. 'Luister nou, Martin Wagner. Ek is nie een van u gebrek wat u kan intimideer wanneer u wil nie.

Of u saamwerk en my vrae eerlik beantwoord, dit is heeltemal van u. Maar ek sal nie hier sit nie, en dat u my of my kollegas nie respekteer nie. Maak ek myself heeltemal duidelik? '

Martin het my blik teruggestuur, maar het ingestem om met die onderhoud voort te gaan. Van daardie dag af het Martin my met vyandigheid en wrok behandel. Ek was een van die min manlike joernaliste wat hy met minagting hanteer het; iets wat hy vir my vroulike landgenote voorbehou het.

Met elke giftige antwoord wat hy my gegee het, het ek geweet dat ek my werk doen en die regte vrae stel. Martin Wagner het verkies om eenvoudige ondervragings te vra wat geen nadenke verg nie, en diegene van ons wat ons werk gedoen het, het dit uitgelê wat 'n wettige en eerlike reaksie vereis.

Venom het die res van sy antwoorde verbeur. Hy was sarkasties, en hy het homself gereeld weerspreek. Hy het 'n uitbarsting gegooi toe ek sy teenstrydighede en onakkuraathede uitgewys het.

Selfs toe ons die beeldmateriaal na hom as bewys afspeel, het hy steeds daarop aangedring dat hy nooit sulke opmerkings gemaak het nie. My bemanning het hul oë gerol, maar andersins professioneel en hoflik gebly. Nadat ons klaar is en vertrek het, het die klomp van ons gelag.

Nie een van ons kon hom ernstig opneem nie en ons het geglo dat niemand anders dit sou sien nadat die onderhoud gesien is nie. Wie het geweet dat ons so verkeerd sou wees?

Martin het my net so vererg as wat ek hom gedoen het. Hy het die feit gehaat dat ek daarop aangedring het om verantwoording te doen vir sy woorde en sy gedrag. Ek het geweier om nie van sy boelietaktieke of van sy pogings om my vrae te beantwoord nie, terug te keer.

Sy ondergeskiktes het dieselfde opgetree en hartseer van my en my mede-joernaliste teruggehou. Dit lyk nie asof hulle begryp dat ons taak was om die moeilike vrae te stel, die waarheid te rapporteer en aanspreeklik te hou nie. Ons plig as die vyfde boedel was om die nuus te rapporteer, ongeag hoe aangenaam of onaangenaam dit mag wees.

Die slegste aspekte van al hul gekke maniere was dat die antieke nuus die nuus geword het in plaas van werklike nuuswaardige gebeure. Dit het baie van ons in wettige nuusorganisasies gefrustreer. Ons wil liewer ons werk doen en verslag lewer oor die gebeure regoor die wêreld in plaas van die klein antieke van Martin Wagner en sy administrasie.

Hulle het geweier om te sien hoe onvolwasse hulle verskyn elke keer as hulle reageer op ons vrae of verdedigend geword het toe 'n vraag aan hulle gestel is wat hulle nie waardeer het nie of wat om te antwoord nie. Baie van Wagner se woordvoerders het oor verslaggewers gepraat toe verslaggewers probeer het om die foute in hul logika uit te wys.

Ons het almal geweet dat hulle liewer deur die pers-inligtingsessies sou borrel en die verhale wat hulle wou hê, sou draai sonder om daarop uit te roep. Ongelukkig vir hulle was dit nie hoe dit in die Verenigde State gewerk het nie. Ons kan nie toelaat dat ons politici wegkom met die gedagte dat hulle die opperste leier soos Kim Jong-un of Adolph Hitler is nie.

Onskuldige mense het al seergemaak of sterf weens die keuses wat ons regering maak. As ons hulle nie in toom hou nie, sou die VSA 'n land met bloed op sy hande kry. Ek weet nie van iemand anders nie, maar ek wil nie soos Duitsland wees en getuie wees van ons weergawe van die Nuremburg-verhore nie.

Ek het 'n pynlike gevoel gehad as ons hom selfs 'n gram krag gee, hy die goed wat ons al bereik het, sou vernietig. Hy het beweer dat hy nooit as president sou optree nie, maar ek het geweet hy het deur sy tande gelê.

Die man was te magshonger om nie te probeer nie, en my ergste vrese het bewaarheid toe hy die presidentsverkiesing gewen het. Ek wou 'n stuk skryf met die kant van Martin Wagner wat sy volgelinge weier om te aanvaar. Hierdie boek dek enkele van my waarnemings en gebeure wat gedurende sy termyn gebeur het.

Die Nixon-skandaal

Ek kan onthou as agtjarige wat die Watergate-skandaal met fassinasie bekyk het. My eerste gedagte? Het Nixon regtig geglo dat hy hiermee sou kon wegkom?

Dit het tot 'n reeks ander vrae gelei. Waarom sou hy dit doen? Het iemand hom aangeraai om by die Watergate-kompleks in te breek, of was dit hy wat self met hierdie idee vorendag gekom het? Wie was 'Deep Throat?'

Wat wou hulle by die DNC-hoofkantoor kry? Was dit vuil op George McGovern om tot hul voordeel te gebruik? Watter redes moes hy weier om sy bande oor te gee?

Ek het nie verstaan waarom Nixon geweier het om met die Kongres saam te werk nie. Hy het reeds 'n swart punt op sy presidentskap gehad, so waarom nie saam met die Kongres werk om die geskiedenis wat oor hom geskryf is, te vergemaklik nie?

Nou, meer as vier dekades later, glo ek dat ek verstaan. Nixon het homself al so diep in die gat gegrawe dat hy nie weer kon terugkom nie.

Ek neem aan dat u wonder wat die presidentskap van Nixon met ons huidige administrasie te doen het. Eenvoudig. Nixon het in sy kern geglo hy is bo die wet. Hy het selfs verklaar: 'Ek is nie 'n skelm nie!'

Die kandidaat Wagner, nou president Wagner, het dieselfde houding. Hy doen absoluut niks verkeerd nie en alles wat hy sê is volgens hom en sy toegewyde ondersteuners die waarheid. In sy kop is Martin Wagner King Midas; alles waaraan hy raak, word onmiddellik goud.

Hy vergeet gerieflik sy mislukte huwelike; sy mislukte casino's; en sy mislukte pogings om verskillende besigheidsondernemings soos kelders, kledinglyne en restaurante vir hoë gehalte aan te bied. Vir die buitewêreld blyk dit dat sy gholfoorde en hotelle die enigste ondernemings was wat wins gemaak het. Daar was egter geruis dat hulle nie so suksesvol was soos wat hy hulle voorgedoen het nie.

Wagner het ongelukkig seker gemaak dat die publiek geen toegang tot sy finansiële state het nie, hoewel hy belowe het om dit te doen in sy aankondiging om vir die amp te dien. Sy toespraak was die jongste in 'n reeks leuens en oordrywing, hoewel baie meer sou volg sodra hy begin met die veldtog.

Wagner het altyd probleme gehad om die waarheid te vertel, en sy verhaalvertelling het op 'n baie jong ouderdom begin. In 'n bofbal het hy afrigters probeer oortuig dat hy die beste hamer en naaswenner in die span was, ondanks die teendeel. Sy statistiek was deurgaans aan die einde van elke wedstryd, en geen mate van oorreding deur die afrigters kon die seun se kolossale ego laat bars nie.

Martin spog gereeld oor hoe goed sy prestasies was, alhoewel sy status in die klas middelmatig was. Na sy studies aan die Wharton School of Business behaal hy die 140ste plek uit 150. Nie presies iemand wat vir Mensa sou kwalifiseer nie.

Ek vra gereeld hoe eerwaardig kan iemand wees wat met sy minnares trou, die dag nadat hulle sy egskeiding voltooi het? Ek wonder ook of hy getrou is aan sy nou derde vrou, die Sloveense model, Cilka. Ons sien haar gereeld twee tree agter haar man stap asof sy hom onderdanig is in plaas van sy gelyke. Dit is regtig hartseer. Sy verdien beter net soos sy vorige vrouens. Maar soos die spreekwoord sê: jy maak jou bed sodat jy daarin moet lê.

Baie mense met wie ek gesels het, glo dat Cilka met Martin getrou het vir sy geld. Dan keer Martin net jonger, mooi vroue na en gee nie om oor hul motiewe nie.

Mans soos Martin Wagner het daarvan gehou om hul sosiale status te gebruik om vroue te ontmoet. Die res van ons moet baie harder werk om die aandag van die skoner geslag te kry. Ek glo graag dat dit 'n baie lekkerder afspraak en baie interessanter is.

Die eerste Spaanse president

Toe Ramon Garcia sy kandidatuur as president van di
Verenigde State aangekondig het, onthou ek die reaksie va
Martin Wagner. Die feit dat 'n Latino die senuwee het om a
president te dien, het nie goed gegaan met die vaste eiendom nie
hoewel hy aanvanklik nie openlik sy misnoeë getoon het nie.

Wagner bevraagteken die legitimiteit van die jongman vi
die pos. 'Hy is nie Amerikaans nie,' tweet hy.

'Die man is van Mexiko. Ek het nie 'n probleem met Mexik
of Mexikane nie, maar hulle mag nie vir die Amerikaans
president optree nie.

Hulle moet hier gebore word, en Garcia is in Mexiko gebore
Hy is in Mexiko gebore, so hy kan nie vir die amp werk nie. '

Selfs toe die Banner Estrella Medical Center in Phoeni
Ramon se geboortesertifikaat vrygestel het, het Martin geweie
om dit as waarheid te aanvaar. Hy het daarop aangedring dat di
dokument 'n vervalsing was om die senator van verleentheid t
red.

'Dit is maklik om 'n geboortesertifikaat te vervals,' het h
tydens 'n onderhoud vir NBC aan Marshall Clearwater gesê
'Hulle wil hê Garcia moet wen, sodat hulle die feit dat hy eintlik
in Mexiko gebore is, verberg.'

Nie net het Wagner die geboortereg van Garcia a
Amerikaner bevraagteken nie, maar ook sy opvoeding
bevraagteken. Hy eis 'n bewys dat Garcia nie net di
Princeton-universiteit bywoon nie, maar ook wil sien dat hy 'n
graad in grondwetlike reg verwerf het.

'Vertel u my ernstig dat hierdie man aan die einde van sy klas gegradueer het? Forrest Gump is slimmer as hy, en dit sê iets! Hy is nie baie slim nie, en niemand onthou dat hy hom ooit op die kampus gesien het nie.

Selfs die professore sê almal dat hy nooit hul klasse bygewoon het nie. Hoe kan u gradueer as u nie klas toe gaan nie? Ek verstaan dit net nie! "

Wagner het nooit voorgekom dat die betrokke professore nie die regte onderrig het nie, en natuurlik sal niemand van hulle Garcia onthou as hy nie hul klas bywoon nie.

Of miskien het dit by hom opgekom; hy gee eenvoudig nie om nie. Laasgenoemde het vir my baie meer sin gemaak. Deur die jare het Martin Wagner sameweringsteorieë opgestoot wat volgens hom aanneemlik was.

Hy sal voortgaan met die propaganda selfs nadat die teorieë onwaar was. Vir my wil hy eerder die sameswering aanmoedig as hy erken dat hy verkeerd was.

Dit het hom nooit gepla dat hy vals teorieë bevorder wat die potensiaal van die reputasie van ander kan vernietig nie. Solank hy 'n mate van voordeel ontvang het, het niks anders saak gemaak nie.

Martin het nog nooit erken dat hy iets verkeerd gedoen het nie, en hy wou nie verander nie. Hy het tot vandag toe nog geen ongeregtigheid erken toe hy beweer dat Garcia buite die Verenigde State gebore is nie.

Toe die stafhoof van Banner Estrella in 'n fratsongeluk naby die mediese sentrum dood is, het Wagner aangevoer dat dit 'n bewys is van 'n bedrogspul om die Amerikaanse publiek te oortref.

Hy kon dit nie laat gaan nie. Wagner het 'n obsessie daarmee geword om Garcia as 'n bedrog te bewys. Niemand het verstaan hoekom nie.

Ons almal het ons teorieë gehad, en ons baseer die meeste op rassisme. Nie een van ons wou op daardie stadium openbaar maak met ons gedagtes nie.

Ons het 'n sake-etiek gehad om neutraal en professioneel te bly. Die toekoms was vir ons moeiliker om neutraliteit en professionaliteit te handhaaf.

Dit gesê, dit het bygedra tot my reeds prikkelende haat teenoor Wagner. My ma, Rose, was van Mexikaanse afkoms en sy was baie trots op haar Maya-erfenis. Sy het daardie trots op my gegee en ek het geen geheim daarvan gemaak dat ek van gemengde bloed was nie. Dit het alles nodig gehad om nie by die sakeman Martin Wagner in 'n openbare forum uit te lok nie.

Dit was nie die eerste keer dat Wagner sy rassistiese kant vertoon het nie, en dit sou beslis nie sy laaste wees nie. En elke keer as hy so 'n uitlandse kommentaar lewer, sou sy ondersteuners om hom saamtrek en juig. Dit lyk asof ons land trots is op sy skynheiligheid en rassisme, so mans soos Wagner was perfek vir diegene wat volgens daardie geloof geleef het.

Die aankondigingstoespraak

Dit het alles begin op die noodlottige dag in Junie 2015 toe Martin Wagner op die roltrap trap. Sy eens swart hare het tot 'n gelerige kleur vervaag. Die vingers van die duim, die kaasagtige grynslag en die oranje velkleur behoort meer in 'n sirkus met drie ringe as in 'n presidensiële wedloop.

Maar ook in my dertig-jarige ervaring as politieke joernalis was ek getuie van die agteruitgang van politieke veldtogte. In plaas daarvan om op hul platform te veg, verkies kandidate om hul teenstanders te modder.

Ek het gevind dat hierdie praktyk onprofessioneel en kinderagtig was. Ek is seker ander voel dieselfde, maar ek glo dat ons 'n punt van terugkeer bereik het.

Ek het nooit gedink dat die politieke arena meer verdeeldheid kan word nie. Toe kom Martin Wagner saam.

Martin het in die middel van die tagtigerjare 'n huishoudelike naam geword. Vanweë slim bemarking deur die skakelwese-firma wat hy in diens geneem het, het Wagner bekend geword as 'n briljante sakeman en finansierder. Toekomstige gebeure sou die moniker in twyfel bring. In werklikheid het ek die slim man van die man bevraagteken die oomblik toe hy sy aankondigingstoespraak begin.

Wagner was oral ter plaatse en het geblyk dat hy stilweg aan 'n spesifieke gehoor dui. Vir my ore het hy rassisties en narcisties geklink. As u dit nog nooit gehoor het nie, laat my dit dan vir u herhaal. Al wat ek vra, is dat u dit met 'n oop gemoed lees. So hier gaan ons.

'Heilige koei! Wat 'n opkoms! Ek kan eenvoudig nie glo dat daar duisende van julle hier is nie. Is dit nie net fantasties om hier by die Wagner-toring te wees nie? Ek bedoel, regtig?

Om in New York te wees, die beste stad ooit, is fantasties. Stem nie almal saam nie?

Ek is gevlei deur almal se bywoning. Nie een van my personeel het dit verwag nie! Niemand het nog ooit hierdie hoeveelheid mense by enige van hul geleenthede gehad nie. Vertrou my, dit is fantasties!

Ek kan jou dit vertel; sommige kandidate het aan die wedloop deelgeneem en niks geweet nie. Niks! Kan jy jou voorstel om in 'n kamer in te gaan waar die lugversorging so hoog is dat mense eintlik vries?

Ek bedoel ernstig, as die kamer meer liggame in het, sou dit nie so groot en leeg lyk nie en niemand sou daar vries nie. Die liggaamshitte sou hulle gemaklik gehou het.

Hoe gaan hulle ons vyande soos Hizbollah verslaan? Niemand het hulle in dertig jaar ooit stopgesit nie!

Die VSA is in die moeilikheid, mense; Ek sal nie lieg nie. Wanneer was die laaste keer dat ons iets gewen het? Ons het altyd op alles gewen, maar nie meer nie. Ons is 'n laggie.

Ek weet nie van almal nie, maar ek is moeg daarvoor! Ek is moeg om te verloor teen lande soos Japan, Indië en China! Waarom slaan hierdie lande in die derde klas ons daagliks?

Ons was altyd die beste in die vervaardiging en vervaardiging van alles! Wanneer het ons opgehou?

En wanneer het ons mense van suid van ons grens af toegelaat? Waarom laat ons Mexiko ons verslaan deur die misdadigers uit Sentraal-Amerika in te laat?

Ons weet almal dat die mense wat oor ons landsgrense sluip niks anders is as 'n klomp gangsters nie! Almal van hulle! Ek weet alles wat daar is om te weet oor hierdie mense.

Hulle is boewe, moordenaars en diewe. Daar is niks goeds aan een van hulle nie! Julle weet dit almal! Die grensagente het my almal vertel hoe die misdadigers sonder vooraf kennisgewing deurgaan, want hulle is almal bose genieë.

Niemand weet regtig waar hulle vandaan kom nie. Dit kan van enige plek af kom, want almal lyk eenders. Stem jy nie saam nie? Ek weet dat jy dit doen omdat jy almal slim is.

Niemand van ons weet wat aangaan nie, want niemand het ons beskerm nie en geen bevoegdheid nie. Ons moet dit beëindig en dit vinnig doen.

Het u geweet die Islamitiese terroriste bou eiendomme in plekke soos Sirië? Hotels! In Sirië! Hulle neem enorme dele van die Midde-Ooste oor. Hulle het 'n kak opgejaag!

Daarom het hulle my kompetisie geword. En kry dit, almal. Anders as ek, hoef hulle nie rente te betaal nie, want hulle steel elke sentimeter van daardie land.

Nie een van hulle sal die ander verantwoordelik maak nie, want almal steun die ander. Hulle steel almal en koop alles wat hulle kan.

Julle weet almal dat ISIS al die olie het. Wel, miskien nie al die olie nie, want Iran het alles wat hulle nie het nie. Ek kan u dit alles vertel; Ek het dit al jare gelede gesê. Jare gelede het ek gesê - en ek hou van ons weermag en ons het dit meer nodig as twintig jaar gelede.

Ek het vir hulle gesê; Ek het hulle almal vertel. Bly uit Irak omdat die Midde-Ooste so ontwrigtend sal raak. Iran sal die Midde-Ooste heeltemal oorneem.

Ek het gesê dat hulle Irak moet vermy omdat Iran hull heeltemal sal oorneem en iemand anders ook! Weet dit e onthou, Iran neem Irak oor en hulle doen so 'n groot tyd.

Het u geweet dat ons meer as drie biljoen dollar in Ira spandeer het? Drie triljoen dollar! Nie net dit nie, dink aan di tienduisende lewens wat net in Irak alleen verloor is!

Plus, die gewonde soldate regoor die wêreld Honderdduisende van hulle. Wat moet ons daarvoor wys Absoluut niks! Hulle sal ons nie eers daar laat gaan nie en on kry niks!

Hulle het vandeesweek ons BBP aangekondig, en dit i veronderstel om 'n teken te wees van hoe sterk ons is. Maar dit i minder as nul!

Hoe kan ons sterk wees as ons BBP negatief is? Hoe kan di wees? Dit was nog nooit minder as nul nie!

Nie net dit nie, ons werkloosheidsyfer is die hoogste seder die laat sewentigerjare! Hulle sê vir ons dat die koers op vy persent hang, maar glo dit nie! Dit is eintlik ongeveer twinti persent. Vertrou my, dit is!

Ons het miljoene mense wat nie nou werk kan kry nie. Wee jy hoekom? Dit is omdat ons werk na China, Mexiko en di Filippyne gaan. Hulle het almal ons werk omdat hulle hu werkers baie minder betaal as die werkers hier. Onthou dat!

En onthou dit ook. Ons vyande se militêre en wapens wor beter en sterker, terwyl ons s'n baie verminder.

Het u al gehoor dat ons toerusting so oud is dat niemanc weet of hulle werk of nie? En dit het hulle op televisi geadverteer! Hoe sleg is dit?

Waarom vertel hulle ons vyande sulke dinge? Ons he Rusland na ons kyk en lag! Ons is 'n lagstok daarvoor.

En wat het met Garciacaid gebeur? President Garcia het ons hierdie land belowe dat sy gesondheidsorgplan ons mediese dilemma sou oplos, maar dit kos ons biljoene dollars. Dit is 'n totale ramp.

Het u almal vergeet van die webwerf wat ons 'n paar miljard dollar gekos het om te ontwikkel? Miljarde dollars op 'n webwerf wat nie werk nie!

Vertrou my, ek het ontelbare webwerwe oral. Dit kos my drie dollar vir 'n miljard-dollar-webwerf. Ek kan dit alles vertel.

U het iemand nodig wat dinge kan doen. Geen politikus sal dit kan doen nie. Hulle is almal praat en geen aksie nie. Niks sal gedoen word as u dit aan die schmucks in Washington oorlaat nie. Hulle wil ons almal na die Beloofde Land neem, maar dit sal hulle nie doen nie.

Dit kan nie omdat hulle nie weet hoe nie. Ek het die hele land toesprake gehou en ek luister na ander Republikeine. Hulle is almal pragtige mense. Ek hou baie van hulle en hulle hou van my. Dit moet, want almal vra my om hulle te ondersteun.

Ek hou weer van hulle en luister na hul toesprake. Niemand noem selfs werk of China of die Midde-Ooste nie. Hoekom? Waarvoor is hulle bang? Het iemand van julle al gehoor hoe China ons doodmaak?

Nou ja, ek sal jou vertel hoe. Hulle maak hul geldeenheid so laag dat jy nie sou glo nie! Vertrou my; hulle laat Amerikaanse sake op die wêreldtoneel meeding. Hulle vernietig ons ekonomie!

Het iemand hiervan gehoor? U sal van niemand af kom nie, maar ek sal u dit sê. Vertrou my, dit is waar.

Hulle sal almal vertel hoe soveel fantastiese dinge gaan gebeur, maar almal wat regtig wil, is 'n werk. Hulle wil nie hê dat hierdie nonsens hulle spoeg nie. Al wat hulle wil hê, is om te werk; geeneen van hierdie dubbelspel en valse beloftes nie.

Onthou, Garciacaid begin in 2016 en dit sal ons vernietig. Dokters hou nie daaraan vas nie. Ons moet daarvan ontslae raak en my vertrou, dit kan ontslae raak en ons kan dit met iets beter vervang.

Ek het van so ver terug as wat ek kan onthou met politici gehandel. As ek sê dat u met een van hulle 'n ooreenkoms kan doen, bedoel ek dit. As u nie kan nie, is daar iets wat nie reg is met u nie.

U is beslis nie baie goed met hulle nie. Dit is hulle wat ons verteenwoordig! Hulle sal ons nooit weer op die top sit nie! Hulle kan nie.

Dit is die lobbyiste wat die land regtig bestuur. Dit is die lobbyiste, die donateurs en die spesiale belangegroepe. Vertrou my; hulle beheer politici totaal.

Ek gaan eerlik wees met jou. Ek het ook lobbyiste. My lobbyiste kan alles vir my doen en nie andersom nie. Ek kan jou sê, hulle is fantasties.

Maar ons weet almal niks sal gebeur nie, want hulle sal nie ophou om dinge vir hul mense te doen nie. Omdat hulle nie ophou nie, vernietig hulle ons land. Ons land word vernietig en ons moet dit nou beëindig!

Ek gaan jou vertel wat ons land nodig het. Die VSA het 'n leier nodig wat 'The Deal Maker' geskryf het. Ons het 'n leier nodig wat goed is om te lei en om te wen.

Die land het 'n president nodig wat ons werk, ons fabrieke en ons gewapende magte kan terugbring. Ons moet sorg vir ons veeartse. Almal het van ons veeartse vergeet en hulle het self oorgebly.

Weet u wat ons nog nodig het? Iemand wat ons sal ondersteun en ons oorweldig tot die oorwinning. Toe president Garcia verkies is, het ek regtig gedink dat hy goed gaan. Ek het gedink dat hy goed sou vaar as die groot gejuig vir die VSA.

Hy het 'n groot gees oor hom gehad. Hy het jeug en lewenskrag gehad. Ek het regtig geglo dat hy die man sal wees om ons almal aan te dring en ons groot te maak.

Maar ek was verkeerd. Garcia is nie 'n leier nie. Hy was nog nooit. Vertrou my, ek weet die waarheid.

Die waarheid is, hy is die totale teenoorgestelde. Hy het 'n negatiewe stem oor hom. Wat ons nodig het, is iemand om die VSA op te trek met sy opstartbande en dit die beste land te maak, net soos dit eens was.

Dit was in baie, baie jare nie die beste nie. En vertrou my, ons kan dit doen.

Laat ek jou iets vertel. Ek het 'n fantastiese lewe en my gesin is die beste. Weet jy wat hulle my vertel? Hulle sê vir my dat ek op die punt is om iets te doen wat die moeilikste is wat ek nog ooit gedoen het.

Besef u dat daar al talle kere aan u gesê is dat u selfs 'n suksesvolle persoon is, u nie vir 'n openbare amp kan optree nie? Maar om ons land die beste te maak soos dit ooit was, moet u die regte ingesteldheid en gemoedstoestand hê om dit te laat gebeur.

My vriende, ek is hier om aan te kondig dat ek my hoed formeel in die ring gooi om vir die president van die Verenigde State te dien. En weet jy wat nog? Ons sal saam Amerika weer die beste maak.

Dit kan gebeur, ek belowe jou. U moet my net vertrou. Ons land is gevul met potensiële en fantastiese mense. Soos u almal weet, het ons mense wat nie motiveer om dit te doen nie.

Maar as ek president is, sal hulle die aansporing hê om terug te gaan werk. Hulle sal besef dat 'n werk die beste sosiale program ooit is. Hulle sal trots voel op die werk in die res van hul lewens.

Ek sal bekend staan as die beste president wat hierdie land nog ooit gehad het, ek kan dit verseker! Weet jy hoe ek so selfversekerd is? Want ek sal ons werk terugbring van oorsee, van lande soos China, Indië en Taiwan.

Nie net sal ek ons werk huis toe bring nie, maar ook ons geld! Weet u hoeveel geld ons aan verskillende lande skuld?

Dit is in die triljoene. Japan, China, Rusland - hulle neem almal ons geld, gee ons lenings met daardie geld, en ons betaal hoë rente op daardie lenings. As die dollar styg, is hulle verheug omdat hulle weet dat hulle meer van ons sal kry.

Laat ek jou dus vra. Watter maniere voer ons land aan en laat ons so aangeneem word? Ek bedoel, ernstig? Is hulle regtig so dom?

Hulle is nie onderhandelaars nie. Nie eens naby nie! Weet u wie die meesteronderhandelaar is? Dit is reg. Ek is!

Ons het mense nodig. Ek is almal vir vrye handel, maar ons het die talentvolste en slimste nodig om vir ons te onderhandel. As ons dit nie het nie, het ons niks.

Ons het mense nodig wat besigheid ken; nie een of ander politikus bloot omdat hy aan 'n saak geskenk het nie. Gratis handel kan 'n wonderlike ding wees as u slim mense gebruik om dit te hanteer.

Ons het nie slim mense nie. Almal word aan spesiale belangegroepe gekap. Niks sal werk as ons die spesiale belange en die lobbyiste aanhou nie.

Dus, 'n paar dinge het die afgelope paar maande gebeur. China kom en gooi al hul goed in, of nie? Natuurlik koop ek dit omdat ek hierdie brandende behoefte het. Omdat hulle die Yen so gedevalueer het, en niemand het geglo dat hulle dit weer sou doen nie.

Maar die probleme waarmee ons regoor die wêreld te doen kry, het ons afgelei. Aangesien ons nie aandag geskenk het nie, het China weer daarin geslaag om dit te doen! Hoe kan ons voltooi as lande ons kul en ons ondermyn by elke geleentheid!

Moenie my verkeerd doen nie. Ek hou van China. Ek het woonstelle verkoop en kantoorruimte aan mense uit China gehuur. Hoe kan ek nie van hulle hou nie? Ek besit 'n enorme stuk HSBC-voorraad en die voorraad is tonne werd!

Mense vra my gereeld waarom ek China haat. Ek haat nie China nie. Ek is mal oor China. Die enigste probleem wat ek met China het, is dat die mense wat China bestuur, slimmer is as diegene wat ons eie land bestuur.

Hoe kan ons so wen? China manipuleer ons om hul vuil werk vir hulle te doen. As gevolg van ons word China herbou, net soos baie ander lande regoor die wêreld.

Gaan na China en kyk self. Hulle het skole, paaie en geboue soos wat u nog nooit vantevore gesien het nie. Ons het al die stukke vir die spel, maar ons ken nie die reëls vir die spel nie.

China verstaan die reël en bou nou hul weermag op. Soveel, dit is skrikwekkend.

Terwyl ISIS 'n bedreiging is, stem ek saam; maar China hou 'n groter bedreiging vir ons in. Weet u wat volgens my die grootste bedreiging vir handel is? Nie China nie. Glo dit of nie, dit is Mexiko. Vertrou my!

In plaas daarvan om fabrieke hier in die VSA te bou, gaan enorme motorondernemings suid van die grens omdat arbeid goedkoper is. Dus, as u dit onthou, het ek my kandidatuur a president aangekondig. Ek ken al die beste onderhandelaars.

Daar is sommige wat so oorskat is, selfs al dink hulle dit nie Maar vertrou my; Ek weet net die beste en plaas hulle in di lande waar hulle die nodigste is.

Maar weet jy wat? Dit is nie die moeite werd om my kosbar tyd daaraan te spandeer nie. Dus, in plaas daarvan sal ek net di hoofde van al hierdie ondernemings oproep, want vertrou my hulle ken my almal en andersom.

As ek tot president verkies word, sal ek dit sê; 'Ek hoo gelukwense is in orde. Daar is aan my gesê dat u van plan is on 'n fabriek in miljoen dollar in Mexiko te bou en dan u produkt sonder belasting aan die VSA terug te verkoop. Stuur hulle ne terug oor die grens sonder dat iemand dit agterkom. '

Nou, ek weet wat julle almal dink. 'Wat kry ons daaruit Hoe gaan dit goed? ' Vertrou my; dit is nie.

Weet u wat ek vir hulle sou sê? Ek sou sê, fantasties! Dit i die goeie nuus. Maar ek sal u die onaangename nuus vertel.

Elke keer wat u terugstuur na die VSA, slaan ek 'n belastin van vyf en dertig persent daarop, en u sal daarvoor betaal sodr dit die grens oorsteek. Luister nou na my. Ek sal jou vertel wa gaan gebeur.

As dit nie ek in die posisie is nie, sal dit een van hierdi sogenaamde politici wees waarteen ek te staan kom. Hulle is ni so dom soos mense dink dat hulle is nie, want hulle weet dit i nie so 'n wonderlike ding nie. Dit sal hulle waarskynlik ontstel.

Maar weet u wat gaan gebeur? Hulle sal 'n oproep kry van een van hierdie enorme ondernemings of een van die lobbyiste Hierdie persoon sal vir hulle sê dat u dit nie kan doen nie, wan dit sorg vir my.

Ek kyk uit vir u, sodat u dit nie aan ons kan doen nie. En weet jy wat nog? Hulle sal in Mexiko bou en duisende werkgeleenthede steel.

Dit is sleg vir ons. Baie, baie sleg. Maar weet u wat sal gebeur met president Wagner in beheer? Laat ek jou vertel.

Die hoofde van hierdie ondernemings sal my skakel nadat ek hulle die nuus van die belasting opgelê het. Hulle sal dit cool speel, weet jy; en wag 'n dag of so.

Jy weet wat? Hulle sal my vra om te heroorweeg, maar ek sal vir hulle sê: 'Jammer, seuns. Geen dobbelsteen nie. '

Hulle sal almal bel wat hulle ken in die politiek, en ek sal dieselfde sê. Jammer, ouens. Geen dobbelsteen nie.

Weet jy hoekom? Omdat ek nie hul kontant nodig het nie. Ek gaan my eie geld gebruik om te bestuur. Ek het nie die lobbyiste of donateurs nodig nie, want ek het my eie geld. Ton daarvan; vertrou my!

Terloops, ek sê nie dat die politici nie so 'n ingesteldheid het nie. Maar dit is presies die denke wat ons vir ons land nodig het.

Hoekom? Want dit is tyd om ons land ryk te maak. Dit klink vulgêr? Ek het gehoor iemand sê dit is vulgêr. Vertrou my; dit is nie!

Ons skuld twintig triljoen dollar en ons het niks anders as probleme nie. Ons weermag is oral desperaat vir toerusting. Ons het wapens wat verouderd is, veral die kernwapens.

Ek vertel jou die waarheid, vertrou my. Ons het absoluut niks. Ons maatskaplike sekerheid sal in puin val as iemand soos ek nie meer geld in ons koffers kan inbring nie.

Almal anders wil dit sloop; maar nie ek nie. Ek gaan dit spaar, want ek sal meer geld insamel as wat enige van julle selfs kan dink.

Het u geweet dat Saoedi-Arabië 'n miljard dollar per dag verdien? Kan jy jou voorstel om 'n miljard dollar per dag te verdien?

Moenie my verkeerd doen nie; Ek is lief vir die Saoedi's. Baie het in hierdie gebou baie ruimte gehuur.

Hulle verdien elke dag miljarde rande, maar wie bel hulle as hulle probleme het? reg; hulle roep ons, en ons stuur ons skepe oor om hulle uit die moeilikheid te borg.

Ons sê vir hulle dat ons hulle sal beskerm omdat hulle geld het. Waarom doen ons dit? Hulle sou 'n fortuin betaal as hulle gevra word. As dit nie vir ons was nie, sou hulle nêrens wees nie. Vertrou my!

Miskien is dit tyd dat ons ons ou toerusting aan hulle stuur, dié wat ons nie meer gebruik nie. Is ek reg? Stuur vir ons ons rommel, want ons verloor uiteindelik ons nuwe goed.

Sonder ons sou Saoedi-Arabië nie meer bestaan nie. Hulle sal uitgewis word en onthou, ek is die een wat almal vertel het oor Irak en wat sou gebeur.

Al hierdie politici probeer hulself distansieer van die onderwerp van Irak. Kyk na Camp en Mariano. Nie een van hulle kon antwoorde gee oor wat daar aangaan nie.

Is dit die leiers wat u wil hê ons land moet bestuur? Natuurlik doen jy dit nie. Julle weet almal dat hulle die VSA misluk. Ons sal nie weer die glorieryke land word met hierdie idiote in beheer nie.

Daar is soveel geld daarvoor om ons hande te vat en na ons land terug te bring. Ons het geld nodig, want ons sterf daarsonder.

Ek het 'n verslaggewer my die ander dag laat weet; Ek is nie 'n vriendelike mens nie. Dit is waar, maar ek is 'n aangename persoon. Ek dink ek is 'n aangename persoon. Mense wat my ken, hou van my.

Wat van my gesin? Ek is redelik seker dat hulle almal van my hou, en ek sê jou: ek is so trots op almal.

Hoe gaan dit met my dogter, Katerina? Sy het 'n fantastiese werk aan my voorgestel, dink jy nie?

Maar hierdie verslaggewer het vir my gesê: Ek is nie 'n aangename persoon nie, so waarom sou mense vir my stem? Dus, het ek hom gesê, want ek is regtig 'n vriendelike mens. Almal weet dat ek my tyd en geld aan liefdadigheidsorganisasies skenk, want ek dink ek is eintlik 'n vriendelike persoon.

Toe sê ek vir hom dat hierdie verkiesing anders gaan wees. Amerikaners sal stem oor hoe bekwaam 'n kandidaat is en nie oor hul waarskynlikheid nie. Hulle is gefrustreerd oor ander lande wat ons afskeep. Hulle is moeg daarvoor om miljoene spandeer op onderwys te gee, en ons stelsel is soos dertigste in die wêreld.

Kan u glo dat daar nege en twintig ander lande beter vaar as ons met onderwys? Sommige lande is derdewêreld en ons is op pad om een van hulle te word. "

Ek kon aangaan met Wagner se toespraak, maar hy het voortgegaan om homself te herhaal en te herhaal. Die laaste ding wat ek wil hê, was om my lesers met sy nonsens te verveel.

Hoe kan een persoon soveel sê en niks te sê hê nie? Toe ek met sommige van my kollegas praat, het hulle almal dieselfde gevoel.

Ons het almal geglo dat hy geen president sou wees nie. Die geskiedenis het ons verkeerd bewys, en dié van ons in wettige nuuswinkels het die dag geduur.

Geskiedenis van rassisme

Nou, dit was 'n groot deel van 'n aankondigingstoespraak! Ek weet nie van iemand anders nie, maar ek het baie rassistiese ondertone gehoor. Wagner het 'n probleem met nie-blanke mense gehad en hy het reguit gesê dat hy alle Mexikane as misdadigers en alle Moslems as terroriste noem.

Terwyl hierdie kategorisering van Mexikane en Moslems sleg genoeg was, het hy nooit regtig iets teen die swart of Asiatiese gemeenskappe genoem nie. Hy het 'n steekproef geneem en China en Japan sowel as Indië en die Filippyne. Hy het hulle die skuld gegee dat hulle werk van Amerikaanse werkers weggeneem het.

Hy het vergeet om te noem dat baie van die Wagner-kleredrag van fabrieke in die Filippyne en China, indien nie almal nie, was. Weereens was arbeid in die buiteland 'n fraksie van die koste in vergelyking met die vervaardiging van klere in die Verenigde State. Vanweë die laer produksieprys moes Wagner met so 'n groot winsmarge miljoene op die rug van onderbetaalde werkers gemaak het.

Sien iemand anders hier 'n patroon? Natuurlik was die toespraak slegs die begin van die rassistiese opmerkings. Elke keer wat hy gehou het, het hy sy retoriek versterk. Hy beweer dat sy Republikeinse teenstanders belange in Mexiko gehad het, en dit het hulle minder gunstig gemaak vir die Amerikaners om werk te kry.

'Hulle is nie kwaad vir een van julle nie! Vertrou my! Hulle verdien almal geld uit ondernemings in Mexiko en Indië. Hulle weet dat mense daar sal werk vir pennies in vergelyking met

Amerikaners. As gevolg daarvan suig die kwaliteit van die produkte wat inkom. Weet jy hoekom?

Omdat die werkers nie omgee nie! Hulle skree nie, solank hulle hul kwotas opneem en hul geringe salaristelle kry. Nie net dit nie, hulle lag almal vir ons omdat hulle almal werk, en dit is ons nie!

Ons werkloosheidsyfer is tussen sestig en sewentig persent! Het u dit almal geweet? Dit is mal! Ons moet ons mense weer laat werk; nie hierdie fokken Mexikane wat oor die grens sluip nie. Hulle neem dus nie net ons werk suid van die grens in nie, maar hul werk hier in ons eie agterplaas!

Hulle is almal besig om misdadigers op te wek en maak ons 'n laggie. Hulle weet dat hulle ons verneuk, want hulle doen ons werk in plaas van ons en doen dit vir minder geld. Nie net dit nie, hulle bring die misdadigers van die res van Sentraal-Amerika in.

Ons kan nie een van hulle vertrou nie. Niemand van daar af is goed nie. As hulle nie van ons steel nie, maak hulle ons dood of verkrag ons. Dit dra niks positiefs vir ons land by nie; nie eers belasting nie omdat hulle onder die tafel betaal word.

Maar die rede waarom hulle onder die tafel betaal word, is omdat hulle almal onwettig in ons land is. Nie een van hulle het op die regte manier gekom nie. Hulle sluip almal oor die grens in plaas van by die regte kruisings.

Dus, ek het 'n idee. Is u almal hiervoor gereed? Ons sal 'n doringdraad-elektriese heining langs ons grens bou om hulle almal buite te hou. Dan sal ons al die ander onwettige persone afrond en hulle almal terugstuur waar hulle vandaan kom.

En weet u wie ons daarvoor gaan betaal? Dit is reg. Mexiko! Mexiko stuur hulle hierheen, dus waarom betaal ons hulle nie om terug te neem nie? Dit is in elk geval niks anders as 'n klomp diere nie, of hoe? Is ek reg?"

Die skare juig elke keer as Wagner teen die Latino' gediskrimineer. Hul onstuimige uitbarstings het Wagner ne aangespoor om skandelik te raak met sy vals eise.

In een televisie-onderhoud het hy gesê sodra hy presiden geword het, sou hy alle Moslems verbied om die Verenigde State binne te gaan. Hy het ook verdubbel deur 'n versperring aan die suidelike grens te bou. Ondanks verslaggewers wat sy rassisties opmerkings en houding uitgewys het, het Wagner geweier om dit te verander.

Sy voortdurende bastering van Latinos het daartoe bygedra dat twee van sy ondersteuners in die Miami-omgewing 'n Latino-man met staalblokkies verslaan het. Nadat hulle hom amper doodgeslaan het, het hulle ontlasting oor hom gegoo terwyl hulle vir hom gelag het. Toe die arrestasiebeampte hulle vra waarom hulle dit doen; hulle het geen skaamte gehad om toe te gee dat Wagner hulle beïnvloed het nie en wou hom trot maak.

'Al hierdie onwettiges moet teruggaan waar hulle vandaan kom, net soos Wagner gesê het,' het een van hulle erken. Minder as 'n jaar later verkleineer Wagner Abdullah en Sahra Mohammad vir die toespraak wat hulle tydens die DNC National Convention gehou het.

'N IED-bom het die Mohammads-seun in Afghanistan doodgemaak terwyl hy in die Amerikaanse weermag gedien het Toe Abdullah aangebied het om sy eksemplaar van die Grondwet vir hom te lees, moes Wagner aanstoot neem en verklaar dat die Mohammads geen reg het om hom te kritiseer nie.

Regtig? Dit sê vir my Wagner is supergevoelig vir veroordeling, veral van mense met bruin en swart vel, en selfs meer as dit immigrante is.

Die obsessie met nie-blanke immigrante was boaan die top. Om watter rede ook al, verag Wagner almal wat nie blanke was nie.

Sy gunsteling besoek aan die agteruitgang van immigrante? Die MS-13-bende, natuurlik. Hy het Garcia se blywende beskerming van Dreamers die skuld gegee vir die feit dat hy 'n groot bydraer was tot MS-13 wat die Verenigde State oorstroom het.

Die Dreamers is jong immigrante wat onwettig na die land gebring is toe hulle kinders was. Anders as die kriminele bende waarna Wagner verwys, respekteer Dreamers die oppergesag van die reg.

Wagner het gelyk asof hy vergeet het dat MS-13 in Los Angeles in die 1970's ontstaan het. Alhoewel dit waar is, was hul fokus in die begin om immigrante uit El Salvador teen ander bendes te beskerm; oor die jare het die bende oorgeskakel na 'n meer tradisionele onderneming.

Minder as 'n jaar voor die algemene verkiesing het Wagner aangekondig dat hy alle Moslems wil belet om die Verenigde State binne te gaan. Hy wou selfs Moslem-Amerikaners weier om die land weer in te neem.

Hy het na 9/11 geëis; hy sien honderde duisende Moslems die strate van New York vier. Ondanks die feit dat hierdie eis gedebuteer is, het Wagner daarop aangedring dat hy daarvan getuig en nie van die eis sou terugtrek nie.

In 'n siviele saak wat teen Wagner ingestel is, voer hy aan dat die regter in die saak nie 'n billike vonnis kan lewer nie omdat regter Velasquez in Mexiko gebore is. Volgens Wagner was enige regter of prokureur met Mexikaanse bloed teen hom bevooroordeeld omdat hy beplan om 'n ondeurdringbare versperring op die grens te bou.

Ses maande nadat hulle hom in die amp gesweer het, het hy 'n vurige verklaring afgelê oor die 2000 immigrante in Haïti wat onlangs in Amerika toegelaat is dat almal die MIV-virus of vigs-vigs het. Nie een van hulle het die siekte gehad nie, maar Wagner het geweier om sy verklaring terug te trek.

Hy beweer toe dat die 30.000 besoekende Nigeriërs nooit na hul hutte sal terugkeer sodra hulle sien wat Amerika aanbied nie. Maande later, op 10 Februarie, het Wagner minder immigrasie uit Haïti en Afrika geëis.

Hy het aangedring op meer immigrante uit Swede en Noorweë. Is dit net ek of wil hy net hê dat wit mense die Verenigde State binnekom?

Voor die middeltermynverkiesings in 2018 het Wagner dikwels gemaak dat donkerhuise immigrante as onheilspellend en onheilig lyk. In werklikheid het sy veldtogpersoneel 'n televisie-advertensie geskep wat so beledigend en rassisties was, selfs XRAE News het geweier om dit op die lug te plaas.

Die advertensie het 'n karavaan van migrante uitgebeeld wat van Sentraal-Amerika deur Mexiko na die Verenigde State binnegeval en die burgers skade berokken het. Boonop het Wagner dikwels gesê dat misdadigers met 'n lae lewe en onbekende elemente uit die Midde-Ooste die karavaan uitmaak.

Ek het nie gedink hy kan laer sak nie, maar die 45ste president skok my steeds. Hy het immigrante wat nie gedokumenteer is nie, verwys as diere wat deur hondsdolheid besmet is, wat onbekende siektes die land inbring. Geen van sy bewerings het bewyse gehad om dit te rugsteun nie.

Selfs sy voorganger was nie immuun teen Wagner se verskriklike uitbarstings nie. Ondanks die feit dat Garcia aan die bopunt van sy klas met 'n 4,0 Graadpunt-gemiddeld studeer het, het Wagner die voormalige president dikwels 'n vreeslike en lui student genoem. Wagner het daarop aangedring dat Garcia meer tyd aan gholf spandeer het as wat hy die land bestuur het. Wagner het in die eerste jaar van sy termyn meer tyd op die gholfbaan deurgebring as wat Garcia in sy hele termyn van agt jaar gedoen het.

Tydens een debat met Marlene Carson in 2016 het Wagner gesê dat stede in die oorlog oorlogsgebiede is en dat die Swartes en Latino's in die hel woon omdat die toestande so gevaarlik was. Hulle kon nie buite hul huise loop sonder om geskiet te word nie. Vir die kiesers van Afro-Amerikaanse lande, het hy gesê, het hulle almal in armoede geleef, skole wat versuim het, en is almal haweloos omdat hulle geen werk gehad het nie.

Vir misdaad in stedelike gebiede het hy daarvan gehou om vals statistieke te gebruik om dit te oordryf. Hy was ook lief daarvoor om misdade wat deur bruin en swart individue gepleeg is, uit te wys, wat dikwels om hulle versier of platgeval het. In teenstelling daarmee neem hy sy tyd om die selfde misdade wat deur wit mense gedoen is, indien ooit te veroordeel.

Hy het geen kwalifikasies gehad om kritieke afro-Amerikaners te kritiseer nie en het hulle onpatrioties, ondankbaar en respekloos genoem. Hy het voortdurend die Afro-Amerikaanse gemeenskap rassiste genoem en voëlheld.

Toe vier Demokratiese kongresvroue die president gekritiseer het, het hy uitgesit en gesê dat hulle moet teruggaan na die gebreekte, misdaadgeteisterde plekke waar hulle vandaan kom. Al vier vroue was Amerikaanse burgers, waarvan drie in die Verenigde State gebore is. Wagner het dit gerieflik oor die hoof gesien.

Dit pla iemand anders hoe vriendelik ons president met rassiste en wit supremaciste gelyk het? Hy het geen probleem gehad om weer een van hulle te herhaal nie en het geweier om verskoning daarvoor te vra.

Met diegene wat met wit supremaciste optree, het hy hulle geprys as baie fyn mense. Hy was nie bereid om die KKK-lede wat hom goedgekeur het, te verwerp nie, selfs nadat hy direk op televisie daaroor uitgevra is.

Hy het Rob Thomas in diens geneem as sy veldtoghoof, wat later die hoofstrateeg van die Withuis geword het. Thomas, 'n bekende wit nasionalis, het dit 'n sentrale tema gemaak op sy skuins nuuswebwerf, The Way It Really Is. 'Black Crime' was 'n belangrike afdeling op die webwerf.

Wagner en Thomas het nie net geprys nie, maar ook hul steun gelê agter politici wat blatante rassistiese opmerkings gemaak het, die Konfederasie verdedig het, of openlik met wit supremacistiese groepe saamgewerk het. Met die onderwerp van rassisme laat Martin Wagner geen demografie alleen nie.

Hy het voorgestel dat inheemse Amerikaners in die noord-ooste hul voorvaders vervals het om die besprekings te probeer open. In die negentigerjare het hy advertensies uitgespreek waarin beweer word dat die Mohawk-nasie 'n kriminele rekord het wat goed gedokumenteer is. In dieselfde periode het hy mededinging om sy casino-pogings bestry.

Martin het ook met antisemitiese beelde gewerk, waaronder 'n tweestryd met 'n sespuntige ster langs hope geld. Ek en my kollegas het Wagner geken dat hy sy ondersteuners kondoneer met aanvalle op joernaliste met antisemitiese slurwe teen die verslaggewers.

Hy het neo-Nazi-sameseweringsteorieë oor die ontmoeting met Marlene Carson met buitelandse finansiële instellings herhaal, teen die Amerikaanse regering om haar eie sakke, wêreldmagte en haar donateurs in lyn te bring.

Vir lede van sy kabinet en ander senior posisies het Wagner individue voorgestel of aangestel met 'n bekende geskiedenis van rassistiese retoriek en propaganda. Ondanks sy voortdurende uitroep, is hy die minste rassistiese persoon wat al ooit ontmoet het. Die geskiedenis sou ons anders vertel.

Sy rassistiese houding het in die vroeë 1970's begin. In 1973 het die Amerikaanse departement van justisie die Wagner Real Estate Conglomerate gedagvaar vir hul oortreding van die Fair Housing Act. Wagner het swart huurders in sy geboue geweier en vir swart aansoekers gelieg oor die beskikbaarheid van woonstelle.

Hy het die federale regering daarvan beskuldig dat hy hom gedwing het om huur aan diegene met welsyn te huur. Twee jaar later het hy 'n ooreenkoms onderteken om mense van kleur nie te diskrimineer sonder om ooit tot vorige vooroordele toe te gee nie.

In die 1980's het 'n voormalige werknemer by Wagner's Peak Casino 'n ander een van sy ondernemings van diskriminasie beskuldig. Die werknemer het elke keer as Wagner en sy eerste vrou, Eva, na die casino gekom.

Hulle het die nie-Kaukasiërs van die grond af gerig. Wagner het in 'n aanvangstoespraak aan die Stony Brook-universiteit gebruik gemaak van sy tyd en het lande daarvan beskuldig dat hy die VS van ekonomiese waardigheid beroof het.

'N Jaar later het vyf tieners, bekend as die Central Park Five Wagner in 'n titseltjie gehad. Hy het 'n volblad-advertensie in koerante uitgeneem en geëis dat die staat die doodstraf terugbring. Ten spyte van die oortuiging van die tieners se oortuigings, het Wagner daarop aangedring dat hy glo dat hulle skuldig was ondanks DNA-bewyse wat anders bewys.

In 1992 moes Wagner's Parkland Hotel and Casino 'n boete van $ 250 000 betaal omdat hy handelaars van kleurtafels verhuis net om voorsiening te maak vir die vooroordele van 'n groot dobbelaar.

In 2010 het die voorstel om 'n Moslem-gemeenskapsentrum in Neder-Manhattan te bou 'n nasionale kontroversie gebring toe dit aangekondig het dat die voorgestelde ligging naby die terrein van die aanvalle op 9/11 was. Wagner het die projek teengestaan en dit 'n probleem van geregtigheid genoem.

Hy het selfs aangebied om die beleggers te betaal om die projek te onttrek. Die fasiliteit het nog nie begin nie.

Ek kan verstaan hoekom hulle dit nog nie moes bou nie. Daar is nog baie onaangename gevoelens oor die terreuraanvalle en wrok teenoor Moslems. Maar die meerderheid Moslems is vreedsaam en vriendelik. My beste vriend en kollega, Ahmad Abdul, was my beste man en is vader van my oudste dogter, Matilda.

Toe 9/11 gebeur het, was dit die eerste keer dat ek Ahmad sien huil. Hy is skaam oor die feit dat radikale Islamiete onskuldige mense doodgemaak het en dit maande vooruit beplan het. Ek dink tot vandag toe pla dit hom nog steeds, en hy het 'n skuldgevoel êrens weggesteek onder sy bekoorlike gevel.

Niks wat ek vir hom gesê het, sal hom tot bedaring bring nie. Hy was te trots en ek bewonder sy volharding om die maande na die aanvalle op 'n dapper gesig te hou.

Vals en misleidende eise

My dogters het hul oë gerol wanneer Wagner of een van sy woordvoerders op televisie verskyn. Die vullis wat uit hul mond kom, het uiteindelik op hul laaste senuwee gekom.

'Hoe kan iemand na hulle luister?' het my dogter, Matilda, gesê. 'Hulle weerspreek hulself heeltyd. Selfs in dieselfde asem. Ek verstaan dit nie. "

Om eerlik te wees, het ek dit ook nie reggekry nie. Selfs toe ek om toeligting gevra het, sou ek 'n aansienlike hoeveelheid dubbelspel kry. Ek vermoed dat hulle nie 'n idee gehad het waarvan hulle praat nie, en het net gesê wat in hul koppe goed klink.

Wagner het gedurende sy presidentskap duisende verklarings afgelê wat misleidend of soms bloot onwaar was. Ja, ek het dit gesê. Duisende!

Hoe sou hy moontlik al sy leuens kon dophou? Antwoord: hy kon nie. Die konstante teenstrydighede was amper net so moeilik om op te spoor as die leuens self.

Ek het hierdie enorme hoeveelheid valshede beskryf as ongekend in die wêreld van die Amerikaanse politiek. Net soveel as wat Nixon tydens die Watergate-skandaal gelieg het, het Wagner se versameling vervaardiging dit in die eerste ses maande in die amp oortref.

Wagner het dikwels omstrede uitsprake gemaak net om te keer en te ontken. Die Washingtonse ondersoeker het gesê dat sy gereelde herhaling van onwaarhede neerkom op 'n veldtog gebaseer op verkeerde inligting en onwaarhede.

Maar die leuens van Wagner het jare gelede begin voordat hy die politieke voorval betree het. Hy vestig die New York Press op sy gedugte en kontroversiële manier.

Een finansierder het gesê: 'Hy doen hierdie groot, dramatiese transaksies, maar nie een van hulle het ooit tot stand gekom nie. Sy openbare beeld eindig as die belangrikste ontvanger van sy kreatiwiteit. "

Selfs een van sy argitekte het kennis geneem van Wagner se geneigdheid om te versier met die uitsluitlike doel om 'n verkoop te doen. Hy was so te aggressief; dit was amper tot die punt van oorverkoop.

In 2019 het verslaggewer Timothy Cohen opnames vrygestel wat hy in sy besit gehad het waar Wagner vals verklarings van sy rykdom gemaak het.

Wagner het in die opnames as sy eie woordvoerder, Brian Duke geposeer, en hy het beweer dat hy 'n hoër posisie op die Forbes 400-lys van die rykste Amerikaners sou kry. As Brian Duke voer hy ook aan dat hy negentig persent van die gesin se ryk besit.

Wagner het ná die ineenstorting van die aandelemark in 1987 aangekondig dat hy 'n maand tevore van sy besit ontslae geraak het en daarom niks verloor het nie. SEC-registrasies het anders bewys.

Dit het getoon dat hy steeds 'n uitgebreide hoeveelheid aandele in enkele ondernemings besit. Hulle het geraam dat hy byna agtien miljoen dollar alleen op sy vakansieplaas verloor het.

In 1990 het hy aan die pers gesê hy het baie min skuld, maar Reuters het aan die begin van die jaar 'n uitstaande balans van vyf miljard dollar aan byna tagtig banke gerapporteer.

Tien jaar na die eis, het hulle aan Jacob Birnbaum die taak gegee om 'n paar van die honderd miljoen dollar wat die bank waarvoor hy gewerk het, Tova Bank of Israel, aan Wagner te verhaal. Jacob het aan verslaggewers gesê hoe Wagner se beheersing van 'situasionele etiek' hom verbaas.

Hy het gesê dat die hotelier nie die verskil tussen feit en fiksie kan begryp nie. 'N Voormalige uitvoerende beampte van die Wagner Real Estate Conglomerate het gesê dat sy baas so gereeld leuens aan die personeel sou vertel, niemand het iets geglo wat uit sy mond gekom het nie.

Wagner het selfs die leuen oor sy erfenis voortgesit. Sy pa, Oskar Wagner, beweer dat hy Noorse bloed ná die Tweede Wêreldoorlog gehad het. Hy het dit gedoen uit vrees vir anti-Duitse sentimente en hoe dit sy onderneming negatief sou beïnvloed.

Martin het die leuen herhaal en bygevoeg dat sy oupa, Luka Wagner, as 'n klein seuntjie uit Noorweë in New York aangekom het. In sy boek The Great Deal Maker verklaar hy dat sy vader Duits was en in 'n klein dorpie buite München gebore is.

Hy het homself later in die boek weerspreek en gesê dat Oskar in New Jersey gebore is. Terwyl die Duitse afkoms reg is, is Oskar Wagner in Brooklyn, New York, gebore.

Tydens die presidensiële veldtog het hy baie sameweringsteorieë bevorder wat geen bewyse gehad het om hulle te ondersteun nie. Vroeg in 2016 het Wagner die pa van die senator Bill Lawrence geïmpliseer dat hy aktief betrokke was by die moord op John F. Kennedy en Robert Kennedy. Hy beweer ook dat Marlene Carson die gewilde stem gewen het weens die stemme van miljoene onwettige immigrante.

Terwyl hy in 2015 op die veldtog was, beweer Wagner dat die werkloosheidsyfer van vyf persent nie feitelik is nie, of selfs naby die werklikheid is. Hy het gesê dat hy die getalle van 20 persent tot 45 persent gesien het.

Hy het hierdie vals nommers gegee om homself te beywer vir die versterking van bande onder lede van 'n bepaalde groep wat ook dieselfde vals getalle bevorder. Alhoewel sy oneerlikheid hom nie die ondersteuning van sy basis gekos het nie, het dit die ander ontstel en verwar.

Boonop het Wagner mense of organisasies wat hom bevoordeel het, vergeet om syfers bo-op sy kop te skep. Dit, ondanks die feit dat hy die beste geheue van enigiemand ter wêreld het. Hy het voortdurend amnesie gehad, selfs met betrekking tot sy eie uitsprake.

Een voorbeeld van sy 'geheueverlies' het te make met die KKK en die stigter daarvan, David Duke. Wagner het gesê hy ken nie Duke nie, ondanks vorige opmerkings oor die teendeel.

Nadat Wagner president geword het, het sy voortdurende voorliefde vir vals uitsprake 'n groep feite-ondersoekers geskep. Nuusorganisasies betwis sy vals eise en verdraaiing van feite plus dié van sy senior amptenare. Die aantal leuens wat deur die president en sy administrasie vertel is, het my mede-joernaliste en my al hoe meer gefrustreer. Wagner het sedertdien daagliks nog meer verregaande proklamasies gesê.

Terwyl ander politici op hul slegste gemiddeld ongeveer agtien persent verkeerde inligting was, was Wagner gemiddeld vyf-en-sestig persent as dit by valse inligting kom. Die rekordtempo van Wagner se wanvoorstellings het beteken dat die feitekontroleerder 'n moeilike tyd gehad het om by te bly.

Kom ons bespreek 'n paar spesifieke onderwerpe sedert die verkiesing. Hoe gaan dit met die beweerde grootte van sy inhuldigingskare? Ondanks die teendeel se getuienis het hy die getalle bygewoon.

Hy het die media toegeslaan omdat hy hom soos 'n leuenaar laat lyk het; hy het dit self gedoen. Foto's en video's het bewys dat Wagner die aantal mense in die National Mall te oordrewe het.

Soos voorheen gesê, het Wagner die gewilde stem verloor vir Marlene Carson, maar hy het die verkiesingskollege gewen. Nie net het hy beweer dat die gewilde mense bedrieglik was nie, maar hy het beweer dat die verkiesingskollege 'n grondverskuiwing was. Hy het gesê dat drie state wat hy nie gewen het nie was weens uiterste bedrog weens vyf miljoen onwettige stemme vir Carson.

Vir die hele 2017 en 'n deel van 2018 het Wagner sy persoonlike prokureur, Adam Silverstein, dikwels geprys as 'n fantastiese prokureur wat vir ewig lojaal was en 'n persoon wat hy altyd gerespekteer het en op 'n band kon vertrou.

Na die getuienis van Silverstein in die federale ondersoek het Wagner sy deuntjie verander en die prokureur aangeval. Sommige beledigings wat in die rigting van Silverstein gewaai het, was rotte, 'n swak persoon en iemand wat nie baie slim was nie.

Wagner het gesê dat die ondersoek dit nie kon laat vaar sonder om dit elke kans wat hy gehad het, te verslaan nie. Wagner het verklaar die ondersoek is onwettig en die aanstelling van 'n spesiale advokaat was ongrondwetlik. 'N Regter wat hy aangestel het, het later beslis dat die spesiale advokaat grondwetlik is, asook 'n paneel van drie regters vir die DC Circuit Court of Appeals.

Na die vrystelling van die verslag oor spesiale advokate het Wagner 'n tweet uitgestuur waarin hy beweer dat die verslag hom heeltemal vrygespreek het van samespanning en regsbelemmering. Wagner se prokureur-generaal, Philip Seymour, het die president weerspreek deur aan te haal dat die verslag nie die gevolgtrekking gemaak het dat Wagner 'n misdaad gepleeg het nie en ook nie die gevolgtrekking gemaak het dat hy hom daarvan vrygestel het nie.

Vir die ekonomie het Wagner gereeld onder sy presidentskap gespog, dit was die beste in die Amerikaanse geskiedenis. Hy het ook valslik herhaal dat hulle 'n Amerikaanse handelstekort as 'n verlies vir die land sou beskou. Hy het ook beweer dat sy belastingverlagings die grootste in die Amerikaanse geskiedenis was.

Tydens sy veldtog het hy aangevoer dat die tekort met sy beleid van vyf tot ses persent sou verminder. In 2019 het dit met 2,8 persent gegroei, wat dieselfde was as president Garcia in 2014.

In September 2017, sy negende maand in die amp; hy het onderneem om die federale skuld binne agt jaar uit te skakel. Hulle skat dat die skuld negentien triljoen dollar is. In 2018 het die tekort agthonderd miljard bygevoeg, wat ongeveer sestig persent hoër was as die voorspelling van die CBO van vyfhonderd miljard.

Wagner beweer dat in Maart 2019 uitvoerders uit China die tarieflas dra. Volgens studies het dit bewys dat verbruikers en kopers van hierdie invoer die koste opneem.

Dit lyk nie asof Wagner begryp dat tariewe 'n regressiewe belasting op die Amerikaanse volk is nie. Hy het aangevoer dat tariewe die tekort aan handel in werklikheid sou verminder; dit het die tekort tot 'n rekordvlak vanaf die vorige jaar uitgebrei.

Kom ons kyk nou na die COVID-19-pandemie. Toe dit die VSA die eerste keer tref, skuur hy dit af; om alles te verklaar sou goed wees. Toe die virus eksponensieel versprei, het hy sy verbasing herhaal en gesê niemand weet dat dit in 'n pandemie van sulke afmetings sou verander nie.

Bewyse het egter getoon dat hulle sy administrasie daaroor en die gevaar daarvan vir Amerikaanse burgers gewaarsku het. Hulle het enige plan wat aan hulle gegee is, opsy gesit om die gevolge tot die minimum te beperk.

Dit was my grootste antagonis. Hy verag die feit dat ek hom gereeld teruggedruk het as dit kom by sy onwaarhede en sy teenstrydighede. Hy het probeer om my te verbied om die persverklarings in die Withuis by te woon.

My verbanning duur nie lank nie, want baie van my mede-joernaliste het daarteen gepraat. Hulle het die president daaraan herinner dat hy nie weerwraak kan neem vir vergrype vir enige vraag wat hy aanstootlik vind nie.

Wagner met Hitler vergelyk

Soos u waarskynlik geraai het, is ek 'n politieke geskiedenisbuffer. Ek is gefassineer deur diegene wat gelyk het asof hulle uit nêrens kom en volkome beheer oor 'n land neem. Kim Jong-un en sy familiegeskiedenis is so 'n voorwerp, maar Hitler is verreweg die een met wie ek die meeste geïntrigeer is.

U wonder waarskynlik hoe Wagner vergelyk het met 'n fascistiese diktator, Adolph Hitler. Onthou net, Hitler het nie die mag met geweld oorgeneem nie, net soos Wagner nie die mag met geweld oorgeneem het nie.

In plaas daarvan gebruik hy bloeiende uitdrukkings wat genoeg van die Duitse bevolking oortuig het om hom as die populistiese leier te stem. Wagner het vroeër dieselfde terminologie gebruik as die mense van die Verenigde State en hy het bewustelik die ekstremistiese propaganda en beleid gevolg wat Hitler in die dertigerjare voorgehou het.

Toe Wagner se eerste vrou, Tatiana, om egskeiding aansoek gedoen het, het sy gesê dat hy 'n boek van Hitler se toesprake voor die oorlog ondersoek en dit in 'n kabinet langs hul bed toegesluit het. Hierdie boek het in diepte ondersoeke gedoen oor hoe hierdie toesprake die pers en politiek van die Hitler-era beïnvloed het. Dit is 'n wonderlike versameling van demagogiese manipulasie.

Wagner het die lesse wat hy uit die toesprake geleer het, geneem en sy weergawe aan die mense tydens sy saamtrekke en die burgers van Amerika ontketen. Soos Hitler, het Wagner se toesprake voortgegaan met 'n konstante stroom van vrees, gierigheid, afsku, leuens, halwe waarhede en afguns. Hy het 'n meester van verdeelde retoriek geword, wat uiteindelik die Withuis aan hom gegee het en die mag wat hy wou hê. Maar die haatgevulde toesprake is net een ooreenkoms.

Vir diegene wat nie bekend is nie, het 'n meerderheid nie Hitler of Wagner gekies nie. Soos met Hitler, demonstreer Wagner sy teenstanders en was daar niemand wat buite perke was nie. Albei mans het hul teenstanders as misdadigers en moerasrotte genoem. Ongelukkig het niemand na vore gekom om een van hulle te stop nie.

'N Tweede ooreenkoms tussen die twee is die direkte kommunikasiekanale wat hulle gevind het om hul basis te bereik. Terwyl Hitler en sy Nazi-party met slegs een kanaal radio's weggegee het, het Wagner Twitter tot sy voordeel gebruik om sy ondersteuners te bereik.

Albei mans het die skuld gegee aan almal anders en hul lande volgens rasselyne verdeel. Die enigste verskil is dat Hitler hoofsaaklik op die Joodse bevolking gefokus is, terwyl Wagner op Afro-Amerikaners, Latino's en Moslems gefokus het.

Wagner het verwys na immigrante uit Afrika as afkomstig van lande in die kusgat en hy het enige persoon wat hulle nie met hom wou saamstem nie, verneder. Hy het geen probleem gehad om ander te bespot nie, maar God verbied as iemand teen hom praat. Vir hom was dit 'n travestie en onAmerikaan.

Vir diegene wat objektiewe waarheid aangebied het, het hulle albei sonder genade aangeval. Wagner en Hitler het probeer om die hoofstroommedia te delegitimeer omdat hulle op hul onakkuraathede gefokus het. Hitler noem hulle die leuenagtige pers; Wagner het die term valse nuus gebruik.

Albei het die pers daarvan beskuldig dat hulle vals propaganda versprei het om hul status in hul onderskeie lande te ondermyn. Toe verslaggewers hulle wettige vrae stel, was Hitler en Wagner brutaal in hul antwoorde en noem hulle name.

Wagner het gereeld die skare op sy saamtrekke gelei in liedere soos "CNN Sucks." Hy het selfs geweier om die Amerikaanse vlag op die helfte van die mast te laat vaar om die vermoorde joernaliste in 'n klein koerant in Albany te vereer.

Albei mans se onwaarhede het die werklikheid vervaag, en hul ondersteuners het meer as graag die leuens versprei. Wagner se voorliefde vir die leuen oor persoonlike gedrag kon slegs suksesvol wees as sy ondersteuners die vryheid aanvaar om, soos Wagner dit gestel het, alternatiewe feite te aanvaar en sy uiterste oordrewe as heilige waarheid te beskou.

Albei mans het reuse-byeenkomste gereël om hul hoë aansien in die grootskema te wys. Nadat hulle hul persoonlike kommunikasie met hul basisse gevestig het, het hulle hul bande versterk deur die massiewe saamtrekke te hou.

'N Ander gemeenskaplikheid tussen die twee mans was die omhelsing van intense patriotisme. Hitler se streng eise aan sy basis behels 'n ekstreme weergawe van die Duitse nasionalisme.

Hy het Duitsland geprys as 'n briljante geskiedenis en belowe om hul land op sy regmatige plek te bring as 'n nasie wat deur geen ander land oortref is nie. Wagner weerspieël hierdie patriotiese gevoelens oor die uitsondering van die VSA met sy slagspreuk "Maak die VSA weer die beste."

Hulle het albei die sluit van grense tot 'n steunpilaar van hul veldtogte gemaak. Hitler het die nie-Ariese migrasie na Duitsland gevries en dit vir Duitsers onmoontlik gemaak om te vertrek sonder om toestemming daarvoor te kry. Wagner het ook die sluiting van die Amerikaanse grense 'n prioriteit gemaak.

Hitler het die toetrede van Jode geweier, terwyl Wagner Moslems en heiligdomsoekers uit Sentraal-Amerika wo verbied. Met die sluiting van die grense het hulle 'n beleid va massa-deportasies en aanhoudinge aangeneem.

Albei mans het belowe om die stroom van nie-blanke in hu lande te stop. Hulle het hulle as sondebokke gebruik en hull die skuld gegee vir hul land se probleme. Net soos die Nazi's he Wagner kinders van hul ouers geskei om hulle te straf vir 'n bete lewe.

Met multi-nasionale samewerking het Wagner en Hitle wrok teenoor die internasionale verdrae en verdrae. Hulle drei om hulself te onttrek aan jarelange vennootskappe wat hulle a ongunstig vir hulle beskou.

Met die weermag verhef albei mans die gewapende magt en bring afgetrede generaals in om hul administrasies te beman Hulle het albei geëis dat hul ondervleue lojaliteit-ondertekeninge onderteken en dadelik enigeen afdank wat dit durf teenstaan.

Wagner het 'n bewondering vir Hitler, en uit die enkel voorbeelde wat hier gegee word, is hy meer as gelukkig om di tiran elke beweging te herhaal.

Wat ek nie verstaan nie, is hoe Amerikaners sy blatant rassistiese en outonome houdings gewillig gemaak het. Baie van hulle protesteer nie en luidkeels - hardop - teen sy politiek nie.

Soos ek genoem het, het hy die gewilde stem verloor en hy het dit betreur. Ek het geglo die mense wat op straat protesteer is diegene wat vir sy teenstander, Marlene Carson, gestem het Wagner het dit gebruik om sy retoriek te versterk en iemand te noem wat teen hom opgehou het as ketters.

Ek was nooit 'n aanhanger van die Kieskollege nie, en dit was die belangrikste rede waarom. Die gewilde stem moet bepaal wie president van die Verenigde State word. Hulle moet die Kieskollege afskaf op dieselfde manier as wat slawerny was.

Ons is die enigste land ter wêreld waar die volksstem niks beteken nie. Wel, in werklike demokratiese samelewings, omdat ons almal lande soos Rusland ken, stem stemme regtig nie soos hulle moet nie.

Die spesiale raadsondersoek en die vervolging

Ek dink ons moet oor die ondersoek praat. Wagner het van die begin af beweer dat dit ontstaan het omdat die Demokrate 'verbaas' was oor die verlies van die Withuis. Die ondersoek het gefokus op sameswering met Rusland en die belemmering van geregtigheid.

Gedurende Wagner se veldtog het hy Rusland dikwels gevra om vuilheid te vind by sy Demokratiese teenstander, Marlene Carson. Hy het ook aangedui dat Poetin en sy misdadigers hom help om die verkiesing te wen.

Die spesiale advokaat, Loretta Francis, het tot die gevolgtrekking gekom dat sy nie genoeg bewyse gevind het dat die president se veldtog met die regering van Rusland saamgesweer het om met die verkiesing in te meng nie. Ondersoekers het gekodeerde, geskrap of ongestoorde kommunikasie teëgekom.

Hulle het ook getuienis in die gesig gestaar van getuies wat onwaar of onvolledig was. Baie van die getuies weier om te getuig en noem 'uitvoerende voorreg'.

Ondanks die pogings van Wagner om inligting vir die ondersoekspan te blokkeer, het die verslag inmenging deur Rusland in die 2016-veldtog bevestig. Dit het bepaal dat die inmenging onwettig was en dat dit op 'n stelselmatige en veelseggende manier verloop het.

Die verslag het die bande tussen personeel van die veldtog met bande met Rusland, wat almal vals verklarings gemaak het, geïdentifiseer en die ondersoek belemmer. Francis het gesê dat hierdie gevolgtrekking oor Russiese inmenging die aandag van elke Amerikaanse burger verdien.

Die tweede deel van die verslag fokus op die belemmering van geregtigheid deur Wagner en sy ondergeskiktes. Om die advies van die Kantoor van Regsadvies te hou dat 'n sittende president immuun teen strafregtelike vervolging is, het die ondersoek die doelbewuste benadering gevolg, sou dit nie daartoe lei dat Wagner 'n misdaad gepleeg het nie.

Die spesiale advokaat het gevrees dat die president die regeringsbevoegdheid van die president sou beïnvloed, en dus vervolging van beskuldiging voorskryf. Hulle het geglo dat dit onbillik sou wees om die president sonder aanklagte of 'n verhoor van die misdaad te beskuldig. Daar is tot die gevolgtrekking gekom dat Wagner geen misdade gepleeg het nie, maar hom ook nie vrygespreek het nie.

Die ondersoekers was nie vol vertroue dat Wagner onskuldig was nie en merk op dat hy privaat probeer het om die ondersoek te beheer. In die verslag word gesê dat die Kongres kan besluit of die president geregtigheid belemmer en aksie neem, dws vervolging.

'N Maand na die verslag het die prokureur-generaal Tom Wilson 'n brief van vier bladsye aan die Kongres gestuur om uit te brei oor die gevolgtrekking daarvan. Twee dae later het Francis 'n privaat boodskap aan Wilson geskryf waarin hy sê dat die brief aan die Kongres nie die werklike inhoud, aard en inhoud van die werk by die kantoor van die Spesiale Advokaat kon opneem nie. As gevolg hiervan het dit tot die verwarring van die publiek gelei.

Die Prokureur-generaal het die versoek om die inleiding vry te stel, sowel as die uitvoerende opsommings voor die vrystelling van die volledige verslag, van die hand gewys. In die brief aan die

Kongres het Wilson en die adjunk-prokureur-generaal, Parker Cromwell, tot die gevolgtrekking gekom dat die getuienis wat president Wagner aangebied het, nie die regsbelemmering daargestel het nie.

Wilson het later getuig dat hy nooit die president vrygespreek het oor die belemmering van die regstryd nie, want dit is nie wat die departement van justisie doen nie. Hy het ook getuig dat hy nóg Cromwell die onderliggende getuienis in die verslag volledig nagegaan het.

In Julie het Loretta Francis op die Kongres getuig; hulle kon die president aankla nadat hulle nie meer in die amp was nie. Die volgende jaar het 'n regter wat deur die Republikein aangestel is, dit op homself geneem om die heroorwegings te hersien om te kyk of dit wettig is. Hy meen Wilson se misleidende uitsprake oor die verslag was dat Wilson probeer het om 'n eensydige rekening op te stel om sy baas te bevoordeel.

Wat het die ondersoek aangedui, vra jy? Die afdanking van Richard Matthews, die direkteur van die FBI, natuurlik. Matthews was besig met 'n lopende ondersoek na bande tussen Wagner en Russiese amptenare.

Matthews het gehelp om met die ondersoek te begin. Wagner het met inligting gewag met Poetin en sy ondergeskiktes. Die direkteur van die FBI het agterdogtig geraak toe ander gebeure en inligting onder sy aandag gekom het.

Hierdie ondersoek het in Julie 2016 begin toe die adviseur van buitelandse beleid, Graham Jansen, Wagner en sy personeel onbewustelik verklaar het dat die Russe Marlene Carson se ontbrekende e-posse ontvang het. Die Russe het hierdie e-posse gesteel en Wagner het dit voor iemand anders geweet.

Tien dae na die afdanking van Richard Matthews het die adjunk-prokureur-generaal, Parker Cromwell, Loretta Francis aangestel as die spesiale advokaat om die ondersoek oor te neem.

Die resultate van die ondersoeke was vier en dertig aanklagte. Die beskuldigings het onder meer dié teen verskeie voormalige veldtogpersoneel ingesluit. Baie van hulle wag nog op verhoor.

Sien iemand anders dat die geskiedenis homself hier herhaal? Het Nixon nie vervolging oor die gesteelde DNC-dokumente gekry nie?

Maar Nixon was slim genoeg om te bedank voordat die verrigtinge kon begin. Wagner was te vol van homself om dit selfs na te dink. Boonop het hy geweet dat sy vriende in die Senaat hom sou onthef.

Dit frustreer my dat ons politici so verdelend en sonder samewerking geword het. Ons het hulle in die amp verkies om vir ons, die mense en nie vir hul eie agenda te werk nie. Hoe het ons hier gekom?

Waarom sit hulle advertensies uit en verslaan hul teenstanders? Waarom kan hulle nie net uitvind waarop hulle hardloop nie en dit daar los?

Maar nee; hulle moet vuil na mekaar gly, in plaas daarvan om volwasse en professioneel te wees. Dit laat my bevraagteken waarom ons selfs vir enige van hulle stem.

Martin Wagner het dit gehaat om gedagvaar te word en het gedink dat diegene wat teen hom aanhangig gemaak het, spoegagtig was of net 'n groot uitbetaling soek. Volgens hom het hy niks verkeerd gedoen nie en was hy die grootste persoon wat ooit gebore is. Hy sal almal wat dit waag om hom voor die hof te bring, in die openbaar bash. Hy vind dit aanstootlik vir sy wese.

Dus, soos te wagte was, het Martin Wagner 'n ophef oor die vervolging verhoor. Hy het woedebuie getrek soos 'n tweejarige met elke ander gebeurtenis of nuusverhaal wat hom in 'n swak lig laat sien het. Wagner het so sterk by homself gedink, hy het 'n hartseer gehad teen elkeen wat anders gesê het.

Soos met die spesiale raadsondersoek, noem hy dit 'n hoax en 'n heksejag. Hy het dit gehaat om enige negatiewe fokus op hom te hê en het geen probleem daarmee gehad nie.

Wagner woed teen die vervolging omdat hy beweer dat die spesiale adviesverslag hom bevestig. Selfs al was dit, wat dit nie gedoen het nie, was dit nie die katalisator vir die vervolging nie.

Dit was egter as gevolg van die klandestiene telefoonoproep aan die Oekraïense president Volodymyr Kovalenko. Dit het alles te make met hom om die nuwe president te probeer dwing om sy potensiële demokratiese teenstander, Jim O'Leary, in 2020, te vind.

As dit nie vir die fluitjieblaser was nie, sou niemand van die telefoonoproep geweet het nie. Wagner het die naam van die fluitjieblaser geëis, maar vanweë wette wat enigeen wat onregmatigheid deur 'n staatsamptenaar openbaar gemaak het, beskerm het, het hulle sy versoek van die hand gewys. Dit het die president kwaad gemaak omdat hy niemand kon boelie om hom op sy eie manier te laat beland nie.

Die ondersoek in die Huis van Verteenwoordigers het ongeveer twee maande geduur in die laaste helfte van 2019. Midde-in die ondersoek het die komitees vir intelligensie, toesig en buitelandse sake almal getuies afgesit rakende Wagner se magsmisbruik en regsbelemmering.

Die Huis-intelligensiekomitee het op vyf Desember op partypartye gestem om 'n finale verslag aan te neem. Dit nadat

November November openbare verhore gehou het om getuies in 'n openbare forum te laat getuig. Hulle het geglo dat die Amerikaanse volk die reg het om te hoor wat die getuies te sê het.

Twee dae na die vrystelling van die verslag, het die volle Huis van Verteenwoordigers albei verslae goedgekeur, met alle Republikeine wat teengestaan het, saam met twee Demokrate. Terwyl die Demokrate gefokus gebly het op die ondervraging van getuies rakende die onderwerpe van regshindering en magsmisbruik,

Republikeine het alles in hul vermoë gedoen om van die betrokke saak af te buig. Dit wil voorkom asof hulle 'n boodskap aan Wagner wil stuur dat hulle aan sy kant is. Maar soos reeds gesê, het die Demokrate genoeg stemme in hul guns gehad om aan te dring.

Gelukkig vir Wagner het die Senaat heeltemal 'n ander saak geblyk. Daar was genoeg Republikeine in die Senaat om die president op alle aanklagte vry te laat. Ralph Jackson, leier van die meerderheid van die senaat, het dit duidelik gemaak voordat die artikels op die vloer van die Senaat gaan, sou hy president Wagner vrygespreek het.

Afgesien van een Republikeinse senator, James Whitby van Michigan, het die hele Republikeinse kontingent vir vryspraak gestem. Senator Whitby het gesê hy kan nie met 'n goeie gewete stem om Wagner vry te stel vir vuil dade nie; vuil dade wat almal geweet het gebeur het, maar gewilliglik blindelings gekeer.

Ondanks Whitby se beste pogings het sy woord op dowe ore geval. Maar hoewel Wagner ontsnap het om uit sy amp verwyder te word, word hy die derde president van die Amerikaanse president in die geskiedenis.

Maar vir diegene wat nie onthou nie, het dieselfde gebeur toe die Demokratiese president, Michael Carson, 'n regsgeding in die gesig gestaar het omdat hy op die kongres gelieg het oor sy verhouding met sy intern, Jennifer Jacobs. Die Huis van Verteenwoordigers was destyds in 'n Republikeinse meerderheid en het hom op partylyne aangehits terwyl die Demokratiese Senaat hom van die aanklagte verwyder het.

Die verskil tussen Wagner en Carson is dat Carson nie sy mening oor die saak uitgespreek het nie en op die werk wat gefokus is, gefokus het. Wagner voel dit nodig om in te spring en elke oomblik wat hy kon, sy afkeur te gee. Carson het ook om verskoning gevra vir sy verkeerde optrede, terwyl Wagner daarop aangedring het dat hy niks verkeerd gedoen het nie.

Sy liefdesverhouding met Poetin en bewondering van ander kommunistiese leiers

Wagner het jare lank gewys hy het 'n warm plek in Rusland vir Rusland en sy leier, Vladimir Poetin. Keer op keer verwerp hy die Amerikaanse buitelandse beleid wat wyd gehou word om hom met Rusland te belyn. Dit sluit alles in van die verkiesingsinmenging tot die voortslepende oorlog in Sirië.

Ek kan sien waarom Wagner Poetin bewonder het. Die Russiese heerser het homself gedra as 'n man met 'n lug van aristokrasie en het 'n glimlag gehad wat mens as bekoorlik sou beskou. Hy het respek van sy mense beveel, selfs al het dit ontstaan as gevolg van 'n ernstige dreigement.

Wagner se verbintenisse met die Kremlin was die katalisator vir die ondersoek van die spesiale raad. Volgens Wagner het die aantygings bewys dat die Demokrate teen hom saamgesweer het.

Op sy tipiese flambojante manier het hy verklaar dat hy die moeilikste president in Rusland is.

Wagner verhef op sy gereelde basis tot sy presidentskap gereeld. Hy het komplimente gebruik as 'n genadige persoon, 'n kragtige leier en 'n slim individu. Hy is een van die min leiers in die weste wat beweer het dat hy met die Russiese president sou kon klaarkom.

Toe Wagner in die lente van 2016 Peter LeBlanc in diens neem om sy veldtog te voer, het dit baie mense gekniehalter. LeBlanc het meer as tien jaar saamgewerk met pro-Russiese regeerders en partye in die Oekraïne.

As gevolg van sy werk het hy intieme verhoudings gekweek met oligarge wat Poetin bevoordeel het. LeBlanc dien nou tyd in die gevangenis uit weens die ontduiking van belasting op die miljoene dollars wat hy uit sy konsultasietyd in die Oekraïne verdien het.

Toe Rusland die Krim geannekseer het, het Wagner Poetin geprys selfs voorgestel dat hy goed gaan as Rusland die Oekraïense grondgebied behou. Hy het 'n vals bewering van die Kremlin herhaal dat die Krim-bevolking baie verkies om by Rusland te bly as die Oekraïne.

Toe die ondersoek bewys het dat Rusland die 2016-verkiesing bemoei het, was Wagner nie bereid om sanksies teen hulle te onderteken nie.

Van die dag waarop Wagner in sy amp aangekom het, hang Rusland oor sy presidentskap. Ondanks elke kans om mense se twyfel oor Rusland te verlig, het Wagner geweier om dit te doen.

Wagner het die waarskuwing van sy eie hulpverleners om Poetin nie geluk te wens met sy herverkiesing nie, geroep en die Russiese leier gebel en hom gelukgewens.

Op 'n beraad in Praag het Wagner die woord van Poetin aanvaar dat hy nie in die Amerikaanse verkiesing ingemeng het nie. Dit ondanks gevolgtrekkings deur intelligensie-agentskappe dat Poetin die veldtog toegelaat het om in te meng.

Dit lyk nie of die Russiese leier saak maak nie, Wagner het Poetin altyd 'n trekpas gegee.

Dan het ons Kim Jong-un, die grootste leier van Noord-Korea. Wagner het sy bewondering en volle vertroue teenoor die genadelose diktator erken. Hy het op nasionale televisie aangekondig dat die paar op mekaar verlief raak.

Sy agting vir Kim Jong-un is nie so eenvoudig soos hy nie verstaan wie die wrede tiran regtig is nie. Hy werp vlei op Kim omdat die Noord-Koreaanse leier opgehou het om dreigemente teen die Verenigde State te maak ná hul eerste vergadering.

Maar die skietstilstand het gestaak nadat kernbesprekings tussen Wagner en Kim verbrokkel het. Ons het die afgelope maande min van albei die leiers gehoor, maar dit kan wees omdat ander dringende sake op die voorgrond kom.

Een laaste buitelandse leier wat Wagner kortliks geprys het, was Xi Jinping van China. Terwyl Wagner die land in Asië verag vir handel en ekonomiese aangeleenthede, het hy gesê dat hy van mening is dat Xi 'n manier geskep het om president van die lewe te word.

Wagner voeg by dat hy sê die VSA moet dieselfde idee aanneem.

Wagner het blykbaar 'n verwantskap met wêreldleiers wat die voorkoms gee om sterk en almagtig te wees. Dit lyk nie of hy verstaan dat hierdie leiers hul perspektiewe lande bestuur nie.

Wagner kan nie sien dat hierdie mans met 'n ystervuis regeer en vrees vrees nie. Of miskien doen hy dit, en dit is wat hy die meeste bewonder van hulle.

As 'n man wat grootgeword het dat die VSA die grootste land ter wêreld was, vind ek hierdie neiging ontstellend. Wil ons regtig 'n land soos Rusland of China word waar sy burgers vrees vir hul regering?

Ek doen nie. Ek is mal oor die feit dat ons 'n vrye land is en al amper tweehonderd en vyftig jaar was.

Ons het die vryheid om teen ons leiers aan te spreek sonder vergelding met gevangenisstyd of dood. Ons het die vryheid om te protesteer.

Dit is ons vry om ons lewe te leef sonder om ons daaroo te bekommer dat ons deur geheime agente van die straat a weggeknyp word, om geen ander rede as dat ons bure op on vasgekruip en valshede gemaak het nie.

Maar ek vrees waar Martin Wagner se retoriek ons sal neem Sy voortdurende oortreding van almal wat teen hom praat en sy denigrasie van nuusorganisasies is sleg en herinner aan Hitler se tiranniese regering oor Duitsland.

En ek sien sy volgelinge ignoreer die tekens dat Wagner dieselfde tiran is as Hitler. My enigste hoop is dat hulle uithaal van enige hipnose waarin dit is voordat dit te laat is.

Sy sienings oor vroue

Enigiemand wat Wagner deur die jare gevolg het, weet dat hy 'n seksistiese houding het. Dit is geen geheim dat sy siening oor vroue nie. Hy het nooit die feit dat hy 'n chauvinis was, weggesteek nie en was amper trots daarop.

Ek verstaan nie hoe 'n vrou met enige sin oor haar sulke gedrag kan ondersteun nie. Hy het hulle nooit gerespekteer en as vuil behandel nie.

Wagner het selfs erken dat hy vroue seksueel aangerand het deur te beweer dat u 'n beroemdheid is dat hulle u enigiets kan doen. Dit is skandelik en skrikwekkend vir almal wat 'n gevoel van algemene ordentlikheid het.

Sy grootste obsessie het te make met vroulike voorkoms. Hy het 'n aanhoudende vete gehad met Sandra McCarthy, 'n aktrise en stand-up comedienne.

Wagner het die vrou se gewig gereeld gewys en dat hy gedink het dat sy soos 'n vark lyk. Nie een wat sulke kommentaar lewer nie, maar McCarthy het altyd met dieselfde gif teruggeskiet.

Wagner het dit verag. Sy enorme ego word maklik gekneus, sodat enige direkte of indirekte geringe hom kwaad gemaak het. Die heen en weer tussen Wagner en McCarthy het in die middel van die tagtigerjare begin en duur tot vandag toe.

Vir sy vrouekos moes hulle almal jonk, mooi en fiks wees. Toe hy met sy derde vrou, Cilka, trou, het hy meer as honderd pond opgedoen en was hy twee keer haar ouderdom.

Blykbaar was sy houding skynheilig ten opsigte van sy eie voorkoms. Dit het nie vir hom saak gemaak nie, so lank as wat sy vrou of vriendin, soos hy dit gestel het, 'n warm stuk esel was.

Sy eggenote het nie gepla oor die voorkoms van hul man nie, en daarom het ons hulle as goue delwers bestempel. Dit kan onregverdig gewees het, maar hy het sy maatstawwe gehad om sy vennote te kies en dit het nie gelyk of hy net omgee as hulle net na sy geld was nie.

Hy het gereeld sy vrouens in die openbaar verkleineer, waaronder 'n duidelike tugtiging van Cilka tydens sy inhuldiging. Die pynlike kyk op haar gesig spreek boekdele vir die wêreld. Wagner gee nie om nie. Hy was dus die man; hy regeer en almal anders moes gehoorsaam wees.

Wagner het nooit gediskrimineer oor wie om te denigreer as dit by die vroulike bevolking kom nie. Na een van die Republikeinse debatte, het hy die enigste vroulike paneellid uitgeblaas en beweer dat sy op haar menstruele siklus was omdat sy moeilike, legitieme vrae gestel het en geweier het om hom toe te laat om te reageer. Soos hy gesê het, het hy gehaat dat hy soos 'n dwaas moes lyk soos 'n dwaas.

Ongeveer 'n week voor die algemene verkiesing het hulle 'n video van die weeklikse vermaakprogram The Hollywood Roundup aan die publiek bekendgestel. Op die video kon ons hoor hoe Wagner saam met die gasheer, Cameron Peterson, omgaan.

Cameron lag by homself van die lag toe Martin 'vrouens aan die poes gryp' beskryf. Hy het gesê dat hulle hom toelaat om dit te doen omdat hy 'n beroemdheid was en beroemdes sonder enige gevolg kon doen wat hulle wou.

Voor die vrystelling van die video het Wagner eise teen hom vir 'n verskeidenheid van seksuele aanrandings. Nie een van hulle het ooit hul pad na die hof gevind nie. Na die video het dosyne vroue na vore getree om hul ontmoetings met Wagner te deel.

Wagner het hul beskuldigings ontken, wat niemand teen die tyd 'n verrassing behoort te bring nie. Hy beweer dat hy nog nooit die vrouens ontmoet het nie, en selfs as hy dit gedoen het, was dit nie sy soort nie. Omdat dit nie sy soort was nie, het Wagner gesê dat hy niks met hulle te doen gehad het nie.

Dit het 'n oproer onder vrouegroepe regoor die land veroorsaak. Seksuele roofdiere het nie omgegee om die vrou se voorkoms te bevredig nie.

Almal het gedink dat die vrystelling van die video die ondergang van Martin Wagner sou wees, maar sy ondersteuners het om hom heen getrek. Hulle het sy praatjie in die bus verdedig deur te sê dat dit slegs kleedkamers is.

Ondanks die verdoemende video en eise van seksuele wangedrag, het Wagner steeds die Electoral College gewen om die 45ste president van die Verenigde State te word. Selfs nadat hy die leier van die vrye wêreld geword het, het Wagner nooit sy houding of manier van praat belemmer nie.

Terwyl hy die meeste manlike verslaggewers met eerbied behandel het, het hy vroulike joernaliste die teendeel behandel. Hy het dikwels gevra dat hulle vrae net so triviaal was en dat die vroue self as nare en onbewuste verwys word.

Ondanks sy mondelinge aanvalle op vroue, het hy steeds 'n sterk vrou onderhou wat hom woedend verdedig het. Ek bevraagteken die opvoeding van hierdie vroue. Is hulle mondelings, geestelik, emosioneel en / of fisies mishandel? Indien nie, wat het dan gebeur? Het hulle uit huise gekom waar mans wêreldheersers was en vroue bloot onderdanig was?

Ek kan nie aan enige ander rede dink dat vrouens 'n man wat so min van hulle dink, op 'n skrale manier verdedig nie. Ek het my meisies grootgemaak om vir hulself te doen. Ek het hulle geleer hoe om 'n motor reg te maak en bande te wissel. Hulle het geleer hoe om elke instrument in my werkruimte te gebruik.

As hulle met 'n man sou trou, is dit uit liefde en nie omdat hulle van hom afhanklik was om handwerk in die huis te doen nie. Ek het hulle grootgemaak om onafhanklik en selfversorgend te wees. My vrou en ek het seker gemaak dat hulle 'n gehalte-opleiding ontvang het en dat hulle 'n loopbaan gevind het wat hulle geniet het, sowel as om hul lewens te ondersteun.

Die meesteres

Wagner, 'n bedrieër? Wel ja. Ja, dit is hy, en ons ken hom omdat hy nie net sy vrouens bedrieg nie, maar ook sy minnaresse bedrieg het.

Ek het nie verstaan waarom hy buite sy huwelik sou verdwaal nie. Sy eerste vrou, Eva, was nie net mooi nie, maar sy was intelligent. Sy het hom gehelp met sy vaste eiendomsbedryf in Manhattan en 'n belangrike rol gespeel om te voorkom dat dit 'n totale mislukking was.

Tog het Wagner haar verskeie kere met verskeie vroue verneuk. Nie net het hy haar verneuk nie, hy het al drie sy pragtige vrouens verneuk. Wat was verkeerd met hom anders as dat hy 'n pompoene esel was wat gedink het hy kan doen net wat hy wil?

Dit is nie 'n geheim nie, want Wagner wil graag oor sy seksuele verowerings spog. Dit het my dikwels laat wonder hoekom sy vrouens so lank as wat hulle gebly het, is, soos ek seker is.

Sy eerste huwelik met Eva het byna onmiddellik ontbind nadat die poniekoerante sy verhouding met Monika McCarthy blootgelê het. Hy het haar skaamteloos op 'n gesinsvakansie na Zürich gebring en het sy bes gedoen om haar vir Eva en die kinders weg te steek.

Ondanks hierdie poging het Monika Eva genader en gesê: 'Ek is lief vir jou man. Vra jy net of jy dit ook doen? "

Kan u die vermetelheid verduur van wat sowel Monika as Martin gedoen het? Toe ek dit lees, kon ek nie die twee se senuwee glo nie. Ek weet nie watter een van hulle slegter was nie, terwyl hulle en Eva hul en haar kinders blatant vryf.

In 'n uitgawe van Hill Street Times het Monika gesê dat seks met Martin die beste is wat sy nog ooit gehad het. Wagner het die verhaal deurgedruk omdat hy daarvan gehou het om sy naam op druk te sien. Tydens dit alles moes hy en Eva nog skei.

Voordat hy met Monika getroud is, het hy hom as sy eie woordvoerder, Robert Riker, voorgedoen en aan 'n verslaggewer by US Magazine gesê dat hy nie met haar sou trou nie. Hy het ook beweer dat hy vier ander minnaresse het terwyl hy 'n verhouding met Monika gehad het.

Terwyl hy by Monika was, het hy ook by Antonia Ramirez Garcia geslaap. Ramirez Garcia was 'n professionele tennisspeler van Venezuela en twintig jaar oud ten tyde van die affêre.

Hul verhouding het slegs 'n paar maande geduur, want Antonia wou op haar loopbaan fokus, in plaas daarvan om by 'n getroude man te slaap. Sy het twee keer in die Franse Ope en Wimbledon geseëvier.

Ek het 'n onderhoud met Antonia gedoen, nie lank nadat ek dinge met Martin afgebreek het nie. Hulle verhouding was geen geheim nie en ek wou weet hoekom sy 'n verhouding met 'n getroude man gehad het.

'Omdat ek hom 'n interessante man gevind het,' antwoord sy met haar dik Venezolaanse aksent. 'Plus, die seks was fantasties. Ek was nog nooit saam met 'n beter minnaar nie. '

Nog 'n verhouding wat hy met Monika gehad het, was met Fayanne Williams, 'n nege-en-twintigjarige model uit New York. Hulle het mekaar in Miami ontmoet tydens 'n fotosessie vir verskeie sportsoorte. Die verhouding het geëindig na 'n paar maande toe sy haar man, die tromspeler Colin North, ontmoet het.

Wagner het 'n paar jaar na die huwelik met Monika begin met 'n verhouding met Bindi Baldwin. Bindi was 'n lang, blonde Australiese model en aktrise. Terwyl die saak ongeveer ses maande geduur het, was sy genoeg vir Wagner om sy veldtog vir die Amerikaanse presidentskap te onderskryf.

Tydens sy skeiding van Monika, het hy hom by die model, Amanda Knoxville, aangesluit. Net nuuskierig of iemand anders hier 'n patroon sien? In teenstelling met vorige sake, het hierdie een vier datums geduur.

In teenstelling met Amanda, was sy verhouding met Anita Lacewood redelik slordig. Hulle het mekaar in die Hamptons ontmoet en drie jaar gedateer. Sy is verloof aan die skinder-rubriekskrywer Henry Rothstein.

Wagner was lief vir pragtige, jong modelle, en hoewel daar niks mee verkeerd is nie, is dit altyd 'n probleem om hulle te bedrieg. Terwyl Eva nie voortdurend gekul het nie, lyk Cilka meer as tevrede om hom te laat doen wat hy wil.

En arme Cilka, sy huidige vrou. Sy is die een met wie ek die meeste simpatie het, selfs al verdien sy dit miskien nie heeltemal nie. 'N Jaar nadat sy met Wagner getroud is, het hy 'n verhouding met die pornografiese ster Lacey Davies gehad.

Hill Street Times berig Wagner se prokureur het Lacey afbetaal om haar stil te hou. Wagner het die aantyging van die pornoster ontken toe sy aan verskeie nuusorganisasies erken het oor haar seksuele ontsnapping met Martin.

Een van Wagner se gunsteling pamflette, The National Exposure, het 'n voormalige Playboy-sentrum 'n bedrag van $ 200,000 vir haar verhaal betaal, maar dit nooit gepubliseer nie.

Ons glo dat die eienaar van die Exposure, Timothy Adams, die verhaal as 'n guns vir sy vriend, Martin, geskrap het.

Gemma O'Brian het gesê dat sy en Martin vir bykans twee jaar 'n liefdesverhouding gehad het. Die verhouding het vermoedelik begin 'n maand nadat Cilka die seun van Duke gebaar het.

Maar ek het nog steeds nie verstaan waarom iemand intieme verhoudings sou hê met iemand wat hulle geken het 'n vrou het nie. Martin was nie wat u 'n matinee-afgod sou noem nie en uit persoonlike ervaring weet ek dat hy nie 'n briljante gespreksgenoot was nie.

Die enigste ding wat ek kon dink dat hierdie dames na hom toe aangetrek is, was sy vermeende rykdom. Ek twyfel nie of hy geld het nie, maar ek twyfel of dit soveel is as wat hy beweer.

Beide Lacey Davies en Gemma O'Brian het hul verhale op nasionale televisie vertel. Anders as Lacey, het Gemma gesê dat sy niks van Martin wil hê nie.

Sy wou net vir die wêreld vertel dat sy en Martin verlief was toe hulle saam was. Maar sy het gevoel dat sy nie meer in 'n verhouding kon bly wat nêrens sou gaan nie.

Lacey, daarenteen, wou wys hoeveel van 'n gek Martin Wagner regtig was. Sy het haar onderhoudvoerder, Mac Jackson, vertel hoe Martin haar tydens 'n liefdadigheidsgeleentheid geteister het totdat sy ingestem het om hom na haar kamer te neem.

Toe sy uit die badkamer kom, wag Martin, naak op haar bed. Sy beweer dat sy haar bes gedoen het om nie te lag vir die vreemde vorm van sy penis nie. Lacey het gesê dat sy volledig regop penis die vorm van 'n sampioen het en dit verbaas haar dat dit normaal kan funksioneer.

Verdediging teen ondersteuners

Ek is seker almal wonder wat die verlede van Martin Wagner te make het met sy huidige posisie as president. Die feit dat sy houding teenoor minderhede en vroue nie verander het nie.

Sy sienings het baie erger geword sedert hy sy verkiesing vir die presidentskap aangekondig het. Maar by Wagner verras my niks meer regtig nie.

Die ding wat my verbaas het, was die kultusagtige reaksie van sy ondersteuners regoor die land. Dit het nie saak hoe skandalig of onakkuraat sy kommentaar was nie; hulle ondersteun hom sonder vrae.

Hulle almal het hom toegejuig omdat hy sy gedagtes gesê het. Maar toe ons hulle bewys lewer van die teenstrydighede, foute en regverdige leuens, verdedig hulle hom deur te sê dat dit nie was wat hy bedoel nie.

Soos hul leier, het hulle hulself gereeld weerspreek. Hulle was almal so verlief op hom; hulle het hom gesien as die antwoord op hul probleme.

Martin Wagner het 'n god in hul oë geword, en hy kon niks verkeerd doen nie. Sy toegewyde groep ondersteuners het alles in die steek gelaat wat hy getweet of gesê het.

Selfs diegene wat hy vir hom gewerk het, het sy woorde en optrede verdedig. Hulle het die behoefte gevoel om sy kommentaar te verduidelik, want soos hulle dit gesien het, het die 'valse media' altyd sy woorde omgedraai om hom sleg te laat lyk.

Almal, ook president Wagner, het die media die skuld gegee vir sy swak beeld regoor die land en regoor die wêreld. Hulle was blind vir die feit dat Wagner en sy span dit aan hulself gedoen het.

Indien nie, het hulle die voormalige president Garcia die skuld gegee vir alles en nog wat verkeerd met die huidige administrasie. Wagner het geen verantwoordelikheid aanvaar vir hoe sy optrede tot die tekortkominge van sy administrasie bygedra het nie.

Sy volgelinge het sy gevoelens gedeeltelik bestempel en selfs so ver gegaan as om sy vals bewerings te herskryf. Sy hoofraadgewer, Lesley Chapman, sou die luggolwe neem om die president se foute 'op te los' net om sake te vererger.

In plaas daarvan om vrae te beantwoord, het Lesley rondom hulle gesels en ongegronde inligting uitgegooi. Sy het hulle selfs 'alternatiewe feite' genoem. Alternatiewe feite? Of soos die res van die wêreld hulle genoem het, leuens.

Natuurlik het sy ondersteuners van hierdie konsep gehou en die president se woorde nageboots. Hulle het die media daarvan beskuldig dat hulle die president verkeerd voorgestel het toe hulle in werklikheid beeldmateriaal getoon het.

Hulle het die belangrikste nuusuitsprake beskuldig dat hulle Wagner doelbewus verslaan het om hom onbevoeg te laat lyk; Wagner se eie houding het die werk vir hom gedoen. Die nuus wys bloot op sy leuens en teenstrydighede. Hulle het daagliks sylêmateriaal met Wagner se teenstrydige opmerkings uitgesaai.

Anders as Lesley, sou ander verdedigers op die lug gaan om te sê dat president Wagner nooit gelieg het nie. Hulle sou hul verweer verdubbel het toe verslaggewers die waarheid van hul uitlatings betwis het.

Wagner se volgelinge het die media geskend en 'vals nuus' genoem. Wettige nuuswinkels het baie mishandeling gedoen omdat hulle hul werk gedoen het en die waarheid gepraat het. Wagner-ondersteuners het verag dat hul leier in 'n slegte lig gesien word, ondanks dat Wagner dit aan homself gedoen het.

Hulle wou net nie erken dat hul leier 'n leuenaar is of dat hulle vir iemand so onbevoeg gestem het nie. As Wagner homself nie weerspreek het nie, het hy uitgelê of dinge heeltemal opgemaak; die media sou nie soveel op hom fokus nie.

Maar die vreemdste ding wat ek opgemerk het, was die verandering van 180 grade in sy voormalige Republikeinse opponente. Voordat Wagner president geword het, het hulle almal sy teenstrydighede en onsedelikheid daarop gewys.

Nadat hy in die amp was, het hul houding teenoor hom verander. Dit het gelyk of hulle hom nou vrees.

Kan Wagner iets aan hulle hê en dit oor hul koppe hou? Hy het selfs 'n paar senatore na die Withuis laat hardloop met elke klein voorval wat hulle glo die president nodig het om te hoor.

Ek het nog nooit in my loopbaan die vlak van bruin neuse gesien nie. Ek kon nie glo hoe blatant hulle besig was om die president op te soek nie. Hulle wil guns by hom kry en sal alles doen om dit te doen.

Sy oorlog teen hoofstroom nuuswinkels

Verslaggewers wêreldwyd is fisies en mondelings aangeval en is as teikens behandel in plaas van die neutrale waarnemers. Wagner en sy Republikeinse landgenote neem dieselfde benadering teenoor politieke verslaggewers. Hulle beskou verslaggewers as vyandelike 'vegters' en 'billike spel vir die sluipmoord op karakter.'

Die president se ondersteuners het dit op hulself geplaas om inligting oor spesifieke verslaggewers saam te stel in 'n poging om hulle te diskrediteer. Wagner het selfs getwiet dat sy vernaamste teenstander die vals nuuswinkels is, nie die Demokratiese Party nie.

Tydens een van sy byeenkomste het 'n groep van sy ondersteuners die perskorps wat die geleentheid bespreek, mondelings en fisies aangeval. 'Almal van julle is niks besonders nie, maar kak steurend,' skree 'n vrou, haar oë wild van verontwaardiging. 'Waarom dring jy daarop aan om sy woorde om te draai? Hy praat, maar jy gebruik baie woorde om hom sleg te laat lyk! ”

'Julle almal moet geskiet en doodgemaak word!' skree 'n ander betoger. 'Julle is almal vyande van die mense!'

Een man het my kollega, Andrew Coleman, gegryp en hom amper doodgeslaan terwyl ander ondersteuners mense teruggehou het. Hulle het almal gesing: 'Maak hom nou dood!'

Gelukkig vir Andrew ontsnap een mede-joernalis die greep van die skare en trek die aanvaller weg. Die polisie is ontbied en baie van die ondersteuners is gearresteer.

Net die een wat Andrews aangerand het, staan tereg op aanklagte en het uiteindelik tyd vir die wrede aanranding uitgedien. Ek is dankbaar dat my vriend oorleef het, maar dit het my laat vra waarom dit in die eerste plek gebeur het.

Ek het gereeld gewonder hoe of waarom sy volgelinge so diep aan hom toegewy is. Was hulle so desperaat vir iemand wat gedink het soos wat hulle gedoen het, dat hulle gewillig saamgegaan het met elke belaglike idee wat hy uitgedink het?

Was hulle so sonder denke vir gesonde verstand, dat hulle nie objektief kon sien wat aangaan nie? Wat het hulle ontbreek om hulle woorde as evangelie te aanvaar?

Watter hou het hy oor sy mense gehad? Dit het my bang gemaak vir die toekoms.

'N Groep ondersteuners van Wagner wou kapitaal insamel sodat hulle die verslaggewers en redakteurs van belangrike nuusinstellings kon ondersoek. Hierdie groep voer aan dat hy alle skadelike bevindings aan pro-Wagner-medias soos XRAE-nuus sal bekend maak.

Wagner het 'n geruime tydstip van hartseer gehad, veral van die pers. Hy het hulle veroordeel; noem hulle almal vervalsings en die vyande van die staat. Soos genoem in die hoofstuk oor Hitler, doen hulle dit om wantroue teen die media te saai, sowel as om joernaliste, verslagdoening en feite te delegitimeer.

In reaksie hierop het hoofstroomnuuswinkels hul pogings om Wagner se leuens en wankelende meningspeilings uit te roep, verhoog, wat slegs bewys het dat Wagner se anti-media-aanvalle versterk het. Die verraai van die verslaggewers het kommer uitgespreek onder politieke kritici en bondgenote.

Anders as vorige presidente wat perskritiek afgeweeg het, het Wagner en sy volgelinge die media uitgeroep as 'n partydige speler in die politieke arena. Hulle wil die joernaliste genoeg vrees gee om die waarheid te praat, sodat die pers sal ophou verslag doen.

Wagner en sy basis het daarop aangedring dat verslaggewers van die hoofstroom-nuuswinkels teen hom is, sodat hulle sy woorde verdraai om by hul vertelling te pas.

Tydens die pandemie het Wagner voortdurend die pers gekritiseer vir sy eie swak optrede en trae reaksie op die erns daarvan. Toe hy daaroor uitgevra word, noem hy die verslaggewer nare en die vrae as onregverdig en gesigsaam.

Hy het dit gehaat dat sy kommentaar op hom teruggegooi is en diegene wat sy onakkuraathede uitwys as leuenaars genoem. Ons het dit alles vasgelê, alhoewel elke woord wat hy ooit op klank of videoband gespreek het.

Wat is die probleem met Wagner?

Ek is seker dat die meeste mense wat na Martin Wagner luister, glo dat hy 'n selfgesentreerde, egoïstiese pervers is. Wie anders het gedink dit is grillerig toe hy sê hy gaan met sy dogter gaan as sy nie sy dogter is nie?

Wel, ek het dit beslis gedoen. En wie sou in hul regte verstand so iets dink, laat staan nog hardop?

Hy moet onsinnig wees, nie waar nie? Wel, nie presies nie. Terwyl hy as iemand van buite af kom, is Wagner meer 'n persoon wat die eienskappe besit wat aan die Donker Triade toegeskryf word.

Wat is die Dark Triade, vra jy? Eenvoudig gestel, die Dark Triad bestaan uit drie belangrike persoonlikheidsdimensies. Hierdie dimensies is psigopatie, narcisme en Machiavellianisme.

Met psigopatie is die prominente eienskap 'n neiging om weinig agting te toon vir ander mense se gedagtes, gevoelens en / of uitkomste.

Narcissisme toon 'n hooffokus op hulself in plaas van diegene rondom hulle. Laastens is Machiavellianisme die neiging om ander te manipuleer vir eie gewin.

Watter een van die drieklanke behoort Wagner? Laat ons elkeen bespreek soos dit met ons president betrekking het.

Kom ons begin met psigopatie. Daar is soveel voorbeelde om aan te toon dat Wagner 'n gebrek aan kommer vir ander het, maar ons fokus op net een.

Hoe gaan dit met sy minagting vir Moslems? Ons het gewys op sy onvermoë om empatie met individuele Moslems te hê as dit by die Mohammades kom. Baie mense het dit onpatrioties geag met sy voortdurende mondelinge oorlog met die ouers van 'n man wat in Afghanistan vermoor is.

Deur die ouers aan te val wat hul enigste seun verloor het, sou ons kon sê dat Wagner nie empatie en oordeel in sy openbare sosiale interaksie gehad het nie. Dit is ten minste die suiwer definisie van psigopatie.

Laat ons nou kyk na Wagner en narcisme. Hy is lief daarvoor om alles wat hy besit, na homself te noem.

Hy verwys ook graag na homself as die beste in alles, selfs al is dit bewys dat hy dit nie doen nie. Klassieke teken van narcisme, dink jy nie?

En uiteindelik, die laaste stuk van die Triade, Machiavellianism. Om manipulatief te wees, blyk 'n standaardkwaliteit te wees by die politici, en dit is nie asof Wagner uniek is as manipuleerder nie.

Is daar bewyse dat Wagner ander vir eie gewin uitbuit? Daar is baie artikels in verskillende koerante wat bespreek dat Wagner hulself as sy eie woordvoerders vermom.

Hierdie woordvoerders, ook Wagner, verdedig die optrede van hul 'baas'. Dit is 'n voorbeeld van die handboek van Machiavellianisme. Dit is manipulering van ander vir u eie gewin deur oneerlike en selfsugtige gedrag.

So, wat is die uitspraak? Martin Wagner is die toonbeeld van hoofkenmerke vir alle aspekte van die Donker Triade. Hy is onopvallend, self-geabsorbeer en manipuleerend. En natuurlik val sy basis soos dorstige honde.

Die pandemie

Baie mense dink die 19 in COVID-19 beteken dat dit die negentiende weergawe van die virus is. Dis verkeerd. Dit beteken net die virus het in 2019 begin, maar diegene wat anders dink, sal nie van plan verander nie.

Dit het begin by 'n nat mark in Wuhan, China. Anders as baie sameweringsteorieë, is dit die waarheid. Dit het nie in 'n laboratorium in China of in Winnipeg, Kanada, begin nie. Dit irriteer my as mense sulke teorieë weggooi sonder om hul behoorlike ywer te doen.

Ek moet beter weet as om dit vir my te laat kom, want daar is niks wat ek kan doen om van plan te verander nie. As hulle net weet hoe belaglik hulle klink as hulle sulke nonsens herhaal, is ek seker dat hulle sou ophou om dit te doen. Maar dit kom nie by my nie, so ek moet net stilbly en aanhou.

Die COVID-19-pandemie-krisis het die wêreld dus aan die begin van 2020 in sy greep gehad. Ons 'wonderlike' opperbevelhebber se reaksie was weinig. Maar in die drie jaar wat hy in die amp was, het dit my nie regtig verbaas nie.

En dit mag niemand verbaas in die saak nie. Hy het nie op 'n gepaste tyd reageer nie. Sy versuim om te reageer het 'n jaar en 'n half begin voordat die koronavirus ontstaan het.

Die administrasie het in die tweede helfte van Wagner se termyn begin met die aftakeling van die span wat verantwoordelik is vir reaksie op pandemie. Wagner het die leierskap afgedank en die span daarna in die lente van 2018 ontbind.

Saam met die besnoeiings was die administrasie se gereelde oproepe om die befondsing aan die CDC en ander openbare gesondheidsinstansies te verminder; Wagner en sy span se prioriteit was nie die vermoë van die federale regering om op siekte-uitbrake te reageer nie. Kenners wys op hierdie onoplettendheid om voorbereid te wees op die rede waarom Wagner en sy administrasie die reaksie op COVID-19-pandemie deurgaans verbaas het.

Ondanks die feit dat hy in die daaropvolgende weke stappe gedoen het om kritiek te beveg, het dit die mediese kundiges se skade berokken. Toetsing was die eerste teken van groot mislukking.

Suid-Korea het binne die eerste paar dae van die eerste saak wat deur die gemeenskap oorgedra is, meer as 66.000 burgers getoets. In teenstelling daarmee het die VSA byna drie weke geneem om dieselfde getal toetse te voltooi. In 'n land wat baie bevolk is as Suid-Korea, beplan hulle 'n erger uitbraak as ander lande.

Voor die uitbreek van die coronavirus het die federale regering goed gevaar in sy pogings om epidemies soos H1N1 en Zika te vertraag. Maar nie onder Wagner se horlosie nie.

Wagner het in plaas daarvan probeer om die bedreiging van die coronavirus te verminder. Hy het tweets uitgestuur om die koronavirus met griep te vergelyk wat nie die situasie help nie. Die nuwe koronavirus blyk baie erger te wees as die griep.

Wagner het toe getwiet oor die kommer oor die virus as niks anders as 'n hoax deur die Demokrate om sy herverkiesing te stuit nie. Daarna het hy op nasionale televisie gesê die sterftesyfer is aansienlik minder as wat deur openbare gesondheidsbeamptes voorspel is. Die basis van hierdie stelling was slegs 'n selfverklaarde gier.

Toe hy gevra is oor sy aanspreeklikheid vir die substandaard-toetsproses, het hy alle verantwoordelikheid ontken. Wel, hy het. Hy het nie een keer verantwoording gedoen vir wat hy gedoen het of nie gedoen het nie.

Ondanks pogings van sy administrasie om pogings tot die bestryding van die pandemie te vergroot, het Wagner voortgegaan om die kommer uit te lig. Hy het selfs voorgestel dat hulle binne enkele weke maatskaplike distansieringsmaatreëls kan tref, en nie maande nie, soos kundiges aanbeveel dat dit waarskynlik nodig sou wees.

In teenstelling met die vorige neerlaag van gebeure soos die orkaan Maria en vele ander predikasies, het die COVID-19-pandemie sy regering onvoorbereid op die uitdaging gelaat. Dit het alles begin toe hulle besluit het om die federale regering se vermoë om te reageer op besmettings soos vroeër genoem, te deprioritiseer.

Wagner het sy keuses verdedig met die argument dat hy nie daarvan gehou het om duisende mense in diens te neem as dit nie nodig is nie. Hy het bygevoeg dat hulle hierdie werkers vinnig kan herstel indien nodig.

Kenners meen dat die geval pandemie-paraatheid hoef nie so te werk nie. Hulle sê dat 'n ontsnappingsplan voor die tyd moet wees.

U wag nie vir 'n noodgeval voordat u 'n plan maak nie. Namate die pandemie versleg het, het Wagner uiteindelik stappe gedoen om die probleem te beantwoord.

Aanvanklik fokus hy daarop om reis na en van China te beperk, wat uiteindelik Europa insluit. Die China-beperkings het dit miskien 'n bietjie tyd gekoop, maar Wagner en sy administrasie het die tyd tot hul voordeel nie gebruik nie.

Selfs konserwatiewe kenners het Wagner gekritiseer weens sy gebrek aan leierskap. Hulle het sy traagheid geroep om te reageer so lank as wat hy gedoen het en waardevolle tyd mors.

Soos gewoonlik het hy geweier om die inligting wat hulle aan hom gegee het, te glo; in plaas daarvan het hy sy eie ongegronde hipotese en syfers van sy gunsteling kabelnuusstasie, XRAE, uitgereik. Wagner het sy foute van die hand gewys om inligting aan die publiek te voorsien om 'n duidelike begrip van wat aan die gang was.

Teenoor die terugslag het hy sedertdien die krisis ernstiger opgeneem. Wel, in die openbaar in elk geval. Daar is gerugte van rumoerings agter geslote deure dat hy glo dat COVD-19 nie so sleg is soos wat die media dit laat blyk het nie.

Behalwe dat hy 'n Oval Office-adres gehad het, het hy daaglikse pers-inligtingsessies aangebring en 'n taakgroep saamgestel wat op die pandemie gefokus is. Hierdie taakgroep het riglyne vir die publiek uiteengesit om algemene ruimtes soos parke en strande, asook groot byeenkomste te vermy.

Anders as wat kenners adviseer, het Wagner sy eie retoriek voortgesit. Hy prys chloroquine as die middel teen koronavirus, terwyl kenners gewaarsku het dat daar nie genoeg bewyse is om dit as 'n geskikte behandeling te beskou nie.

Hy het ook die kundiges se waarskuwings oor sosiale distansiëring weerspreek. Kundiges was maande lank op sosiale afstand. Wagner het gedink dat dit miskien net 'n paar weke is. Hy het toe sy pers-inligtingsessies gebruik om die media aan te val toe hy die tyd kon gebruik het om 'n samehangende boodskap te lewer of bloot sy kundiges te laat praat.

Intussen het die beleidsrespons steeds gebly. Behalwe vir die gebrek aan toetsing, was daar 'n tekort aan mediese toerusting en PPE-voorrade om te help met die uitbraak.

Gesondheidsorgwerkers kla dat hulle nie genoeg het nie, ondanks dat Wagner beweer dat hulle hul voorraad gebruik om die nodige toerusting te stuur waar dit nodig is. Werkers van die frontlinie het gesê dit dwing hulle om toerusting wat besmet is, te hergebruik, of kies om glad nie aan die werk te gaan nie.

Weens die vertraging van Wagner om die pandemie proaktief voor te kom, het ons meer sterftes in die VSA as wat ons gedurende die hele Vietnamoorlog gedoen het. Hoe kan 'n president trots daarop wees? Hy het sedert die begin voortdurend gesukkel oor hoe hy en sy administrasie te kampe het.

Regtig? In die begin het hy beweer dat ons net vyftien gevalle was en dat ons nie meer as dit sou hê nie. Ons is nou meer as 'n miljoen gevalle van COVID-19 met meer as 63,000 sterftes. Wat is verkeerd met hierdie prent?

Lesley Chapman, 'n ander doring in my sy sowel as elke ander hoofjoernalis, is iemand wat nie verstaan hoe om die waarheid te vertel nie. Sy het, soos Martin, die pers gesien as die vyand van die staat.

Sy het die meeste van ons geïrriteer deur oor ons te praat toe ons haar onakkuraathede probeer uitwys. Dikwels gebruik sy die dubbelspel of buig deur die verslaggewer te ondervra.

Dit was vir my die plesier om Chapman te ondervra oor 'n gedeelte oor Wagner se reaksie op die pandemie. 'Lesley, waarom dring president Wagner daarop aan dat ons dit onder beheer het as alle bewyse anders sê?'

Lesley skud haar gebleikte blonde hare uitdagend. 'Ons het dit onder beheer, Emerson. Ek weet nie waar jy jou sogenaamde bewyse kry nie. '

"Van die CDC, SY -."

'Nee, jy het nie,' onderbreek sy. 'Almal is dit eens dat ons fantasties gaan met die hantering van hierdie krisis.'

Ek het my gemoedsrus gehandhaaf, maar geweier om haar toe te laat om haar eie getuienis op te stel. 'Kom, Lesley; jy kan nie ernstig wees nie. '

'Hoe is ek nie ernstig nie? Ons hanteer hierdie pandemie beter as enige ander land. "

Ek het gevoel dat ek gefrustreerd raak met haar, maar ek het my bes gedoen om my kalmte te behou. Ek kyk in haar oë en wys haar dat ek nie van haar taktiek afgelei sou word nie.

'Jy weet dit is nie waar nie, Lesley. Waarom dring jy daarop aan om hierdie valse vertelling te perpertreer? Mense sterf en dit lyk nie of u administrasie omgee nie. "

Lesley het nooit gewankel nie. 'Waarvan praat jy, Emerson? Ja, ons het lewens verloor, maar ons het dit onder beheer. Waar kry jy jou inligting? "

'Ek het jou gesê. SY webwerf, CDC, webwerf en die HHS webwerf. Sal ek aangaan? "

Ek het 'n oomblik gesweer dat ek 'n tikkie woede in haar donkerblou oë sien broei. Sy het geweier om my reaksie te erken en het voortgegaan om 'n prys te gee oor 'n ander onderwerp.

Ek het die onderhoud gestop voordat sy verder kon gaan. Soos met elke gesprek wat ek met haar of Wagner gehad het, moes ek 'n paar hoofpynmedikasie neem. Wat ek ook al vertel het, is ook elke ander verslaggewer wat met hulle gepraat het.

Dit maak my gelukkig dat my vader nie hier is om dit te sien nie. As hy kwaad was vir die Nixon-skandaal, sal hy met Wagner deur die dak wees. Anders as Nixon, sou my pa egter deur Wagner se gevel gesien het.

Hy was miskien 'n hardkoppige man, maar my pa was ver van dom of naïef. Hy sou nie geval het vir Wagner se hokuspokus nie en sou hom in die openbaar daarop geroep het.

Paul Montgomery kon nooit 'n dubbele praat nie, en Wagner was nie baie goed daarmee nie. My pa is gebore net voor die begin van die Tweede Wêreldoorlog en hy onthou dat sy pa hom van Hitler vertel het.

Die gruwelverhale van die Holocaust het hom ontstel, en hy het gesweer dat hy dit nooit weer in sy leeftyd sou laat gebeur nie. As hy sien wat nou aangaan, sou hy alles in sy vermoë doen om dit te stop. Dit is nou op my om sy nalatenskap te vervul. Ek is net nie seker of hierdie boek dit sal doen nie.

My waarnemings

Sedert die Nixon / Watergate-skandaal het die politiek my gefassineer. Ek kan onthou hoe baie my ouers geklink het toe die storie gebreek het. Ek en my broers het grootgeword in 'n huishouding met 'n groot skeiding. Ons ouers was dit oor alles eens, behalwe as dit by die politiek kom.

Ma was 'n toegewyde demokraat en my pa 'n sterk Republikein. My pa het gereeld gehoor hoe 'n Demokratiese inwoner nie dom genoeg sou wees om so iets te doen nie.

In die vroeë stadium van die skandaal het pa sy bes gedoen om Nixon te verdedig. Soos die dae verloop, dink ek dat hy uiteindelik besef het dat die man vir wie hy gestem het, die wet oortree het en verdien wat hy ook al moes straf.

Ek het nooit vir een oomblik gedink ons sal 'n leier hê wat 'n onsigbare mag oor Amerikaanse burgers het soos Nixon gedoen het nie. Dit blyk dat ek reg was. Ons het geëindig met 'n president wat soveel erger was. Laat ek voortgaan met die verhaal van die berugte Martin Wagner.

Wagner en sy ondersteuners beskou hom as 'n alomteenwoordige leier wat niks verkeerd kan doen nie. Hy het 'n soort kultus gehad wat herinner aan Jim Jones en David Koresh. Hulle het alles geneem wat hul leier gesê het of as 'n evangelie uitgesit.

Selfs toe die pers bewys het dat die onakkuraathede en leuens nie was soos hy beweer het nie; sy faksie het hom stip en blindelings verdedig. Hulle het beweer dat die pers alles sal doen om die president 'n nare man te maak. Hulle het hom gekomplimenteer dat hy sy gedagtes gesê het, net om te draai en te beweer dat dit nie was wat hy bedoel het toe ons uitroep oor die onakkuraathede nie.

Hulle het die hoofstroommedia en linkse groepe gekritiseer. Woordvoerders van die president sal op radio en televisie gaan om Wagner en sy optrede te verdedig.

Hulle sou vrae rondom hulle bespreek en vermy om 'n direkte antwoord te gee as hulle enigsins antwoord. In plaas daarvan dat verslaggewers teenstrydighede sou uitwys, sou hulle oor hulle praat in 'n poging om die joernalis en die kykerspubliek te verwar.

Van al die woordvoerders van Wagner het senior raadgewer, Lesley Chapman, geblyk die ergste oortreder te wees. Nie net sou sy oor die gasheer praat nie, sy sal vrae afvuur en nie toelaat dat iemand reageer soos ek vroeër genoem het nie.

Sy het haar gereeld laat interpreteer dat die president se woorde strydig is met wat hulle eintlik gesê het. Dit wil voorkom asof Lesley dit aangenaam maak om haar draai by te dra oor alles wat die president gedoen het.

Die president en sy administrasie het selfs uiterste regse betogers geprys en hulle goeie mense genoem, selfs toe hulle 'n persoon aan die ander kant van die protes doodgemaak het. Wagner beweer die jong vrou het haar dood aangevuur deur die ander betogers te bespot.

Wagner het selfs sover gegaan om mense aan te moedig om te protesteer teen die tuisbevele tydens die pandemie. Hy wou die ekonomie open, ondanks die groot aantal sterftes weens COVID-19. Dit lyk nie of hy omgee vir die mense van die VSA nie. Wagner is meer bekommerd oor die ekonomie as die welstand van die mense wat hy verkies om te dien.

Sy sterk aanhangers het hom nooit prysgegee nie en hom aangewys as die grootste president wat die VSA ooit gehad het. Hulle het beweer dat hy in sy eerste termyn meer as enige ander president behaal het, ondanks geen bewys om hul bewerings te staaf nie. Tensy hulle verwys na sy prestasies om die land te verdeel, laat mense toe om te sterf as gevolg van sy gebrek aan leierskap, en die aanmoediging van regse ekstremiste om te bid.

Sy Republikeinse opponente, wat Wagner hewig vanweë sy houding en moraliteit gekritiseer het, buig nou agteruit om die president gelukkig te hou. Dit wil voorkom asof hulle almal breingewas is, net soos in die Hitler-era.

Almal sien Wagner as die wederkoms van Christus, terwyl die res van die land en die res van die wêreld hom gesien het vir wat hy werklik was - 'n narsissistiese grootman wat ander nodig het om sy eie ego 'n hupstoot te gee.

Daar is hoop dat Wagner slegs 'n eenmalige president is omdat die land 'n grap geword het in plaas van die leier van die vrye wêreld wat dit eens was.

| Page

CPSIA information can be obtained
at www.ICGtesting.com
Printed in the USA
LVHW050423020720
659505LV00002B/273